Sybille Alliot-Fourny

mon Organiser mariage

Idées, conseils,
astuces pour planifier
le jour J !

massin

sommaire

Introduction

Je suis wedding planner et je connais cet ascenseur émotionnel que vivent tous les couples un an avant leur jour J. C'est un jour si important dans leur vie, mais qui pour une seule journée demande tellement de préparation! Vous allez passer par des instants d'impatience, de stress, d'envies, de doutes, toujours voulant «bien faire», et voulant le meilleur, le plus beau, le plus… pour votre mariage.

Après ces années d'expériences, de belles rencontres, ces heures de préparation avec de nombreux couples, je voulais vous apporter mes conseils et des idées qui vous permettront de vous organiser. Tel est le maître-mot: organisation. Je vais vous accompagner dans ces pages jusqu'à ce jour incroyable et même un peu après…

ORGANISER MON MARIAGE

PAR OÙ COMMENCER ?

PAR OÙ COMMENCER?

Premières *réflexions*

Waouh! ça y est, vous avez décidé de vous marier... émotion, envies, excitation, vous vous mettez à imaginer et à rêver ce jour qui sera dans un an, le plus beau de votre vie. 50000 idées commencent à arriver. Vous feuilletez, vous cherchez, vous en parlez sans cesse et c'est normal... Mais par où commencer?

En premier, décidez de votre lieu... et même si la norme veut que vous organisiez votre mariage en moyenne un an à l'avance, il est parfois des lieux magiques et merveilleux qui se réservent encore plus en amont. Alors, ne tardez pas, et cherchez l'endroit de votre mariage très vite, l'endroit qui sera votre coup de cœur!

Bien sûr, il va falloir gérer votre budget et ne pas vous laisser emporter par vos envies. Il va falloir coordonner votre journée pour qu'il n'y en ait ni trop, ni pas assez. Pour une complète réussite, soyez méthodiques, appliqués, suivez un rétroplanning et surtout, surtout, faites tout ce qui vous plaît et vous correspond. Ne laissez pas votre entourage vous dicter ce qu'il est bon ou pas de faire...

C'est votre jour!
Et ça commence maintenant!

Mois après mois

VOUS ALLEZ AVOIR UNE MULTITUDE DE CHOSES À PENSER, AUSSI, POUR VOUS AIDER À PRÉPARER CETTE ANNÉE, VOICI LES ÉTAPES-CLÉS MOIS PAR MOIS QUI, REPORTÉES DANS VOTRE AGENDA, VOUS PERMETTRONT D'Y VOIR PLUS CLAIR.

Demain

- Réfléchir au style de votre mariage et où vous souhaitez vous marier
- Annoncer le mariage à vos proches et prévoir une fête de fiançailles
- Réfléchir au nombre d'invités, au budget
- Choisir la période ou le mois qui vous plairait

J-12 mois

- Commencer votre liste d'invités pour obtenir un nombre approximatif (mais déterminant pour le lieu et le budget)
- Visiter des lieux, choisir le lieu de réception
- Définir votre budget
- Contacter la mairie
- Contacter la personne qui sera en charge de la cérémonie laïque ou religieuse
- Déterminer la date définitive du mariage
- Contacter un wedding planner

J-11 mois

- Poser des congés auprès de votre employeur
- Décider de votre réception: repas assis servi, buffet, cocktail dînatoire?
- Demander les différentes cartes de traiteurs et planifier les dégustations
- Sélectionner un photographe et/ou vidéaste, prendre rendez-vous
- Valider et signer les contrats photos et/ou vidéo
- Prendre des rendez-vous en boutiques pour les premiers essayages de robe

J-10 mois

- Définir un thème, et la décoration souhaitée
- Choisir un fleuriste
- Booker un DJ, qui vous transmettra un questionnaire de vos souhaits musicaux
- Réserver votre chambre pour la nuit de noces s'il n'y en a pas sur place
- Prévoir les hébergements pour vos invités
- Sélectionner un coiffeur et un maquilleur (à domicile bien sûr)

Mois après mois

(SUITE)

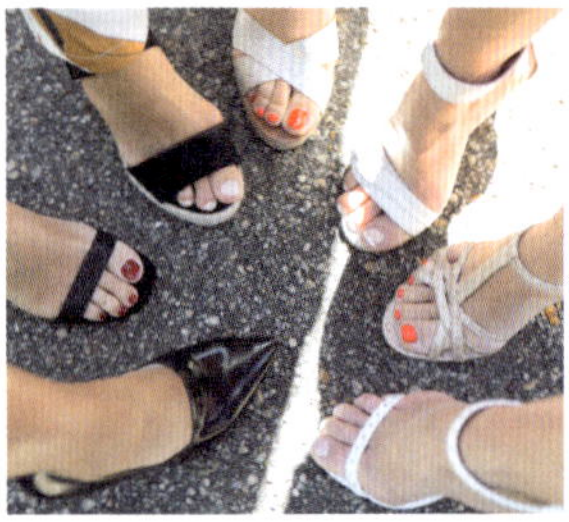

J-6 mois

- Choisir le design et les textes de vos faire-part
- Choisir vos témoins, vos demoiselles, garçons et enfants d'honneur
- Réfléchir et vous renseigner pour le voyage de noces
- Faire les premiers essayages du costume du marié
- Prévoir les animations du mariage

J-4 mois

- Envoyer les faire-part
- Valider le menu définitif et les boissons auprès du traiteur
- Choisir les accessoires de la mariée
- Acheter les alliances
- Faire les essayages coiffure-maquillage (si possible le même jour que la robe)
- Choisir le gâteau
- Préparer la cérémonie: choix des textes, des musiques, organiser le cortège
- Prévoir les baby-sitters ou les animateurs
- Lister tous les éléments de décoration, les commander ou les louer si besoin

J-3 mois

- Choisir les musiques pour les temps forts du mariage (entrée en salle, arrivée du dessert, première danse)
- Imprimer les menus, les marque-places, les livrets de cérémonie

J-1 mois

- Faire le dernier essayage de la robe avec les sous-vêtements et les accessoires
- Recontacter tous les invités n'ayant pas encore répondu
- Finaliser la playlist et la blacklist avec le DJ
- Faire le plan de table
- Porter vos chaussures

Mois après mois

(SUITE)

J-1 semaine

- Confirmer les heures d'arrivée de tous les prestataires
- Faire le déroulé de la journée et le transmettre aux proches et aux prestataires
- Préparer votre valise pour le jour J
- Préparer votre valise pour le voyage de noces
- Rester zen, se reposer

J-3 jours

- Faire une manucure
- Préparer tous les documents, les alliances, les tenues
- Préparer les enveloppes des règlements pour le jour J à remettre à quelqu'un de confiance
- Préparer la liste des prestataires avec leurs numéros de téléphone à remettre à vos proches
- Apporter tout le matériel de décoration, objets, cadeaux invités sur le lieu
- Apporter les boissons si besoin sur le lieu
- Préparer votre kit de survie

Le jour J

PROFITEZ DE CHAQUE INSTANT, PLEUREZ DU TROP-PLEIN D'ÉMOTIONS, SURTOUT SOURIEZ, SOYEZ HEUREUX.

Et après...

- Récupérer votre matériel ou rendre les locations
- Faire nettoyer votre robe
- Régler les dernières factures
- Envoyer les remerciements
- Récupérer les photos, faire un album et le transmettre à vos invités

Choisir *ses témoins*

CHOISIR SES TÉMOINS PEUT SE RÉVÉLER CORNÉLIEN : COMMENT FAIRE POUR NE PAS HEURTER LA SENSIBILITÉ DE CEUX QUI N'AURONT PAS CE RÔLE ?

Le rôle officiel des témoins est de témoigner (bien sûr) de votre union, en apposant leur signature sur les registres officiels. Mais vous avez sûrement pour eux une autre idée en tête: vous épauler et vous soutenir tout au long des préparatifs et toute la vie. Demandez-vous qui dans votre entourage sera capable de patience, de fiabilité, pour s'impliquer autant que vous dans la préparation de votre joli jour, mais aussi qui sera là dans les beaux comme dans les mauvais moments pour toujours soutenir votre amour.

Le choix doit être tout à fait affectif. Bien que Maman vous ordonne de choisir vos frère(s) et/ou sœur(s), c'est vous et vous seul(e) qui déciderez de la personne qui remplira au mieux ce rôle. Si vous hésitez entre plusieurs personnes, sachez que vous pouvez choisir des témoins différents pour la mairie et pour la cérémonie religieuse. Dans tous les cas, choisissez quelqu'un dont vous vous sentez proche, car il ou elle sera le témoin de votre union et de votre amour pour toujours.

Les formalités

La seule condition légale requise pour le témoin est d'être âgé de 18 ans révolus au moins. Le nombre de témoins est compris entre deux et quatre, un ou deux chacun.

Pensez à fournir les documents nécessaires pour officialiser l'identité de vos témoins quelques mois avant le jour J: identité, adresse et profession sont les trois informations obligatoires.

Bridemaids, groomsmen

Vous avez tout un groupe d'ami(e)s et vous ne souhaitez pas créer de jalousies? Donnez-leur le rôle de demoiselles ou de garçons d'honneur. Le tout est d'attribuer un rôle à chaque personne qui vous est proche, ménageant ainsi leur sensibilité.

Mais, surtout, choisissez-les en les connaissant bien! Eh oui, ils seront là pour vous aider, pour vous accompagner et vous conseiller. Alors préférez des gens fiables, ponctuels, et donnez-leur une tâche en fonction de ce qu'ils aiment ou savent faire.

Vous pourrez ainsi nommer la reine de la déco pour vous aider à fabriquer les petits présents de vos invités, le frère si sérieux pour garder précieusement vos alliances, la copine de toujours pour vous accompagner pour choisir votre robe, et le pote beau parleur pour animer toute la soirée...

Ensuite, définissez le *dress code* pour chacun d'eux, la ou le témoin pouvant avoir une petite nuance par rapport aux *bridemaids* et *groomsmen*. Ce *dress code* n'est pas obligatoire, mais c'est tellement beau...

Ce petit groupe – même s'ils ne se connaissent pas, ne vous en souciez pas – sera solidaire pour vous organiser un EVJF ou G (enterrement de vie de jeune fille ou de garçon) digne de ce nom.

Veux-tu être mon témoin ?

Comment leur dire?

Le fait de choisir un témoin est un acte important, car il est vraiment le signe d'une grande confiance et d'une profonde amitié avec la personne choisie. Alors, ne bâclez pas cette demande! Soyez imaginatif(ve), et trouvez le petit truc qui la rendra pleine d'émotions.

Une soirée, une surprise, un cadeau...

Organisez une soirée spéciale, offrez-leur un petit cadeau estampillé «veux-tu être ma/mon témoin?», envoyez-leur un faire-part spécifique, une vidéo... Bref, ce choix de témoin n'est pas dénué de sens, alors faites en sorte que cette demande reste gravée dans les mémoires.

PAR OÙ COMMENCER?

La liste *des invités*

POUR LE PLUS BEAU JOUR DE VOTRE VIE, VOUS SOUHAITEZ PARTAGER VOTRE BONHEUR AVEC LA TERRE ENTIÈRE ! VOTRE JOIE PREND LE DESSUS ET VOUS AIMERIEZ QUE TOUS VOS AMIS, FAMILLES, CONNAISSANCES PUISSENT ÊTRE LÀ POUR CETTE BELLE JOURNÉE AVEC VOUS... ET QUOI DE PLUS NORMAL APRÈS TOUT.

Sachez que votre budget est hautement dépendant du nombre d'invités. Définir votre liste d'invités en fonction de votre budget est primordial: parce qu'inviter 250 personnes alors qu'on a prévu un budget pour 100 personnes, c'est tout simplement impossible!

Aussi, et même si cette perspective est plus pragmatique que romantique, il vous faudra absolument connaître votre budget limite afin de déterminer combien de personnes vous pouvez réellement vous permettre de convier!

Un conseil pour réduire la liste: faites-en trois.

Premièrement, établissez la liste des personnes que vous jugez indispensables, c'est-à-dire sans lesquelles vous n'imaginez pas vous marier. Seconde étape, faites la liste des personnes dont vous pourriez facilement vous passer. Entre ces deux étapes, il y a la liste des intermédiaires, c'est-à-dire ceux que vous souhaitez inviter pour diverses raisons. Il faudra alors procéder à des choix en fonction de certains critères qui vous sont propres.

ALORS, MARIAGE INTIMISTE ENTOURÉ DE VOTRE FAMILLE ET DE VOS PROCHES OU MARIAGE FESTIF EN GRANDE POMPE ?

Si vous n'arrivez toujours pas à vous décider sur votre liste d'invités, parce que vous avez peur de vexer telle ou telle personne ou que votre mère vous impose certains invités, il vous reste toujours l'option de faire des invitations uniquement pour la cérémonie et le vin d'honneur, et d'autres pour le repas: vous ne manquerez pas dans ce cas de créer des petits coupons différents au moment de l'envoi de vos faire-part. En effet, n'oubliez pas de considérer cette possibilité qui vous permettra sans doute de régler bien des difficultés.

UNE AUTRE GRANDE QUESTION DOIT SE POSER : ENFANTS OU NON DANS VOTRE MARIAGE ?

Essayez de lister les enfants possibles et l'âge qu'ils auront le jour du mariage. En fonction du nombre, il vous faudra impérativement prévoir des baby-sitters et/ou des animateurs. Le «no-child» est possible et compris des invités à la condition qu'il n'y ait pas les enfants de votre sœur et pas les autres! Annoncez-le clairement sur les faire-part. Et les ados? Eh oui, ne les oubliez pas et comptez-les comme des ados (15-18 ans) et non comme des enfants ou des adultes. Mais attention, surveillez bien qu'ils n'aient pas l'intention de faire venir la petite amie du moment ou le copain parce qu'ils ont peur de s'ennuyer... Le nombre d'invités pourrait vite augmenter et la note grimper!

Quel style *de mariage*

C'EST VOTRE MARIAGE, IL DOIT VOUS RESSEMBLER, ÊTRE À VOTRE IMAGE, À VOTRE STYLE, ÊTRE LE REFLET DE VOS PERSONNALITÉS, DE VOS GOÛTS, DE VOTRE VIE... ALORS EXIT LES PHÉNOMÈNES DE MODE !

Bien sûr, vous allez passer du temps sur les réseaux pour chercher l'inspiration, mais si la tendance est au bohème alors que vous voulez un mariage en ville parce que vous êtes plutôt *urban chic*, inutile de vous évertuer à chercher un magnifique domaine en pleine campagne!

Le point de départ, c'est vous, votre histoire, vos passions. Listez les points qui vous correspondent, tout ce dont vous avez envie, tout ce que vous avez envie de voir (tout comme vous avez fait la liste de tous ceux que vous vouliez inviter).

FAITES-VOUS PLAISIR ET RÉPONDEZ À CES QUELQUES QUESTIONS :

1. Dans quel genre d'endroit vous voyez-vous? En bord de mer, en ville, en pleine nature, vous aimez les lieux chargés d'histoire, les endroits *cosy*, contemporains? Des domaines qui feraient penser à une propriété familiale? Vous adorez les poutres, les pierres, les endroits atypiques, le métal, le bois? C'est en étant clairs sur tout cela que vous trouverez votre lieu de réception, l'endroit où vous vous sentirez bien.

2. Quel est votre budget? Vous n'en avez aucune idée? Alors posez-vous la question différemment: jusqu'où êtes-vous prêts à aller, de combien vous disposez? Ce point est important, et nous verrons ensemble comment construire ce budget et la répartition. Mais le point important est la somme totale définie, un peu comme lorsqu'on achète une maison, on sait d'avance la fourchette de prix dans laquelle on va faire ses recherches.

3. Quand voulez-vous vous marier? Là encore, ne vous fiez pas à la norme, les mariages ne sont pas tous forcément entre juin et septembre. Si vous adorez les couleurs d'automne, si vous aimez la neige, si la date de votre rencontre était un 17 février, pourquoi ne pas envisager un mariage sur une autre période de l'année qu'en été? Et puis, vous pourriez bien avoir une belle surprise sur des remises incroyables sur ces dates moins prisées.

4. Combien envisagez-vous d'invités? Évidemment cela aura une grosse influence sur votre budget. Mais à part cela, vous êtes plutôt grosse fête jusqu'au bout de la nuit avec vos potes ou plutôt fête de famille avec juste l'entourage restreint de ceux que vous aimez? N'essayez pas de faire plaisir, et si votre envie est de célébrer votre union en petit comité, la fête du jour à 20 personnes n'en sera pas moins remplie d'émotions et de souvenirs.

5. Enfin, vous pouvez commencer à réfléchir à vos couleurs. Vous aimez le vert céladon, le bleu tendre, les tons lumineux, les couleurs pastel ou vives, franches et tranchées: cela déterminera probablement le choix du lieu, sans entrer dans le détail des fleurs et de la décoration. Cette réflexion sur les couleurs que vous partagez dans votre couple commencera à guider vos recherches et donnera le ton pour votre mariage.

PARLEZ, PARLEZ, ET SOYEZ PARFAITEMENT D'ACCORD SUR TOUS LES POINTS AVEC VOTRE MOITIÉ. LA SUITE SERA PLUS FACILE POUR VOS SÉLECTIONS DE LIEUX ET PRESTATAIRES !

Établir son budget

Tout à votre joie d'épouser celui ou celle pour qui votre cœur bat, vous décidez d'organiser une grande fête pour marquer le coup. Mais fête rime avec dépenses! Mille questions se bousculent dans votre tête pour votre budget mariage. Voici quelques astuces pour bien gérer et organiser vos dépenses, qui augmentent vite en attendant le jour J.

Il est primordial de bien contrôler vos achats. Sans compter que certains frais sont inévitables comme la robe de mariée. En ce qui concerne le plus gros du budget, il s'agit de l'alimentaire servi lors de la réception. Il varie en fonction du traiteur et des plats choisis.

Ce qu'il faut savoir: l'option buffet est moins chère, nécessite moins de personnel en salle et en cuisine, mais vous devrez proposer une quantité plus importante de nourriture.

Pour faire quelques économies, mariez-vous hors saison, d'octobre à avril, car une cérémonie en hiver réduit le budget. Économique et tendance, elle fait de plus en plus fureur auprès des amoureux.

Une petite note à laquelle il faut penser, bien pratique et efficace, vous pouvez simplement demander de l'aide à votre entourage et diminuer le budget de quelques centaines d'euros. Proposez-leur des ateliers pour créer de la déco ou des ateliers culinaires, vos amis seront ravis de vous aider. Et puis quel plaisir de préparer le plus beau jour de votre vie accompagnés de votre famille.

Au passage, demandez plusieurs devis aux intervenants recherchés, ils vous permettront de faire un comparatif détaillé de chaque prestation et de choisir le prestataire au juste prix!

Les dépenses

ALORS C'EST PARTI, ON SE FAIT UN BEAU TABLEAU AVEC TOUS LES POSTES DE DÉPENSES.

POSTE DE DÉPENSE	PRIX
Le lieu de réception	
Le traiteur/les boissons	
La location de mobilier (tables et chaises) si ce n'est pas compris dans le lieu	
Un photographe	
Un vidéaste	
Un DJ et/ou un groupe	
La carterie (faire-part, menus, marque-places, plan de table, livret de cérémonie)	
La décoration (lumières, bougies, nappes, spots, déco)	
Les cadeaux pour les invités	
L'officiant de cérémonie laïque ou le don au lieu de culte	
Les tenues : la robe, le costume	
Les accessoires (bijoux, lingerie, chaussures, voile, cravate)	
Les alliances	
La mise en beauté (coiffure, maquillage, barbier)	
Un wedding planner	
Les baby-sitters ou animateurs et/ou jeux pour enfants	
Le notaire si contrat de mariage	
Les prestataires d'animations (magicien, silhouettiste, feux d'artifice)	

Combien ça coûte ?

SACHEZ QUE 50 % DE VOTRE BUDGET SERA DÉPENSÉ POUR LA SALLE DE RÉCEPTION ET LE TRAITEUR DE MARIAGE. IL FAUT DONC COMMENCER PAR MULTIPLIER LE NOMBRE D'INVITÉS PAR LE PRIX MOYEN DU LIEU ET DU TRAITEUR PAR PERSONNE.

Les lieux

- Les salles: de 200 à 1500 euros.
- Les châteaux: de 1600 à 5000 euros jusqu'à 15000 pour des privatisations totales.
- Les domaines: de 2500 à 5000 euros, cela peut aller jusqu'à 7000 à 18000 euros avec des hébergements (ou plus).
- Les tentes: reportez-vous au chapitre sur les mariages sous chapiteau. Tout compris, vous pouvez envisager de partir sur 50 à 60 euros par personne.

Attention au prix des lieux où le mobilier n'est pas fourni, vous devrez alors prévoir la location de tables, chaises et buffets, soit 15 à 40 euros par personne.

Ces tarifs sont bien sûr des prix moyens, la situation géographique influence considérablement ces prix, un domaine en pleine campagne sera toujours avec un meilleur rapport qualité-prix.

Le traiteur

- Cocktail ou vin d'honneur: environ de 15 à 30 euros par personne.
- Cocktail et dîner: de 50 à 150 euros par personne (hors boisson).
- Le dessert: de 5 à 10 euros la part.
- Buffet de nuit (sucrés et salés): de 3 à 5 euros par personne.

Vin et champagne

Les alcools peuvent vite faire grimper la note. Certains traiteurs de mariage autorisent l'apport du vin et du champagne de votre convenance. N'oubliez pas de demander le coût de la livraison sur place et du droit de bouchon, représentant le service du vin par le traiteur.

- Comptez pour 8 personnes: 1 bouteille de vin blanc pour l'entrée, 3 bouteilles de vin rouge pour le plat et le fromage et 1 bouteille de champagne pour le dessert, alors que pour le cocktail, ce sera 1 champagne pour 4 personnes. Bien entendu, vous pourrez aussi faire le choix de ne pas servir de champagne au dessert et de sélectionner une autre boisson pétillante au cocktail pour limiter votre budget. La bière en fin de soirée a aussi un avantage d'économies et évite les alcools forts et ses méfaits.

Le photographe et le caméraman

- Pour un reportage complet, comptez un forfait global entre 1200 et 1500 euros, et 1800 euros pour un vidéaste. Les photographes vous proposent désormais aussi des forfaits *photobooth* dans les 400 euros.

Le DJ

- De 750 à 1500 euros pour le DJ, selon le matériel et la durée de sa prestation.
- Un supplément de 150 à 300 euros sera à prévoir s'il doit sonoriser votre cérémonie laïque ou le cocktail en extérieur. De nombreux DJ proposent aussi des forfaits comprenant les lumières et autres animations lumineuses dans votre salle.
- Si vous avez envie d'un groupe pour votre cocktail, comptez 700 à 1000 euros pour un trio pour 2 heures de prestation musicale.

La décoration florale

- De 1500 à 3000 euros, voire plus, en fonction des fleurs choisies.
- Pensez recyclage! Réutilisez les bouquets des bouts de bancs pour faire les petits bouquets sur vos tables à buffets par exemple. Pensez, avec votre fleuriste, au fait de déplacer ou reconfectionner vos bouquets à différents endroits.

Le faire-part de mariage

- Prévoyez entre 2 et 7 euros l'unité, enveloppes assorties. Vous trouverez de nombreux sites pour la fabrication de vos faire-part, mais pensez aussi au reste de votre carterie… Menus, plan de table, livrets de cérémonie ne sont pas toujours déclinables.
- En passant par un graphiste, vous pourrez avoir des supports totalement personnalisés et il ne vous en coûtera pas toujours plus cher.

Combien ça coûte ?

La robe de la mariée

- C'est la robe de votre vie, vous l'avez imaginée depuis longtemps et généralement le budget est important et tourne aux alentours des 1000 euros. Vous pouvez envisager une robe simple et la faire agrémenter par une couturière, cela vous coûtera moins cher. Pensez aussi à la location, y compris pour le costume de Monsieur.

Les alliances

- En or, classique, comptez de 120 à 200 euros. Ces coûts peuvent augmenter si vous choisissez des diamants. Profitez des périodes de soldes chez les bijoutiers, il n'y a pas de phénomènes de mode dans les alliances, mais plutôt une question de goût.

Le coiffeur et le maquilleur

- Faites appel à un coiffeur et un maquilleur à domicile, ils vous proposeront des forfaits, essais et déplacements inclus allant de 250 à 500 euros.

Le dress code

- Traditionnellement, les tenues des enfants d'honneur restent à la charge de la mariée. Pour vos témoins, demoiselles d'honneur, rien, n'est obligatoire mais vous pouvez leur offrir les nœuds pap' ou les bracelets de fleurs.

Le transport

- Suivant le modèle, la location d'une voiture varie de 450 à 1000 euros, et l'heure du chauffeur mis à disposition de 120 à 200 euros.

Les cadeaux pour les invités

- Vous pouvez toujours offrir les traditionnelles dragées, mais désormais, les petits présents pour les invités sont vraiment de tout genre. Des tongs, aux tee-shirts, des pots de miel aux succulentes, des gâteaux ou chocolats personnalisés aux lunettes de soleil, de nombreuses possibilités s'offrent à vous. Comptez en moyenne 5 à 7 euros par invité.

Les animations

- Toutes sortes d'animations sont envisageables, et les budgets diffèrent. Un magicien, un caricaturiste, des danseuses, des cracheurs de feu. Un feu d'artifice, une montgolfière, une arrivée en hélicoptère... Renseignez-vous et prenez toujours des professionnels.

La chambre pour la nuit de noces

- Faites-vous plaisir et prévoyez une jolie chambre.

Le voyage de noces

- Quelle que soit la destination de votre lune de miel, renseignez-vous auprès d'agences de voyages qui bien souvent proposent des packs jeunes mariés très intéressants. Et puis en guise de cadeaux de mariage, demandez à vos invités une participation au voyage.

Ne pas oublier

- Le don à la paroisse, l'assurance supplémentaire, le gardiennage du parking, le ménage, l'augmentation de la puissance du compteur EDF, le chauffage, et les baby-sitters.

Et pourquoi pas *un wedding planner*

AUJOURD'HUI ORGANISER UN MARIAGE C'EST LONG, FATIGANT, SANS ASSURANCE DU RÉSULTAT FINAL ! ENTRE LE TRAVAIL, LES ENFANTS ET LE QUOTIDIEN, TROUVER LE TEMPS ET L'ÉNERGIE POUR ORGANISER LE PLUS BEAU JOUR DE VOTRE VIE RESTE RELATIVEMENT DIFFICILE.

C'est pour cela que les wedding planners existent: ils vous facilitent la vie tout en comblant vos espérances. Dans une agence d'organisateur de mariage, vous trouverez des professionnels efficaces, dynamiques et perfectionnistes qui n'auront de cesse de combler vos désirs. Le wedding planner analyse vos besoins, détermine vos goûts et imagine parfaitement ce qui vous correspond ou non... Avec l'aide d'un professionnel, vous gagnez en temps, en argent, en originalité et en sérénité!

Vous n'êtes pas encore certains de ce que pourrait vous apporter un wedding planner? Alors, voici les (bonnes) raisons qui vous permettront de décider.

1. Un interlocuteur unique de votre mariage: en fonction de vos souhaits, il saura y répondre, aller chercher les idées, les lieux, les prestataires. Ne vous méprenez pas, il ne vous imposera rien, mais sera là pour vous conseiller, vous proposer, vous guider et surtout rechercher pour vous ce ou ceux qui correspondront à vos envies. Un wedding planner sera toujours force de proposition pour toutes les alternatives auxquelles vous n'auriez pas pensé.

2. Un gain de temps précieux: oui, vous avez plein de choses en tête, mais avant de vous lancer éperdument sur le Net dans la recherche de lieu, de prestataires, de déco, de faire des listes des choses à faire, sachez que le wedding planner a souvent une imagination débordante lui aussi. Passionné par son métier, il est expert dans les domaines de la décoration, de la réception, de l'esthétisme, mais aussi dans la réalisation des animations et accompagnements durant les cérémonies et réceptions. Grâce à son réseau de prestataires, il travaille généralement sans mauvaise surprise. Entouré par les meilleurs, il assure une prestation de qualité et d'une fiabilité exemplaire. Il se doit souvent d'être réactif et exigeant afin de satisfaire au mieux les désirs les plus fous des futurs mariés. Cela vous évitera de longues, très longues recherches, sélections, mais aussi appels téléphoniques, mails, demandes de disponibilités, de devis, et autres demandes! Il fera tout cela à votre place.

3. Un rétroplanning tenu: vous avez fait un beau planning, mais encore faut-il ensuite s'y tenir. Pris entre votre travail et votre vie, il est parfois bien difficile de le respecter! Votre wedding planner dispose des outils nécessaires pour s'assurer que tout se fasse en temps et en heure, et pas seulement pour vous mais surtout, et principalement, pour tous les prestataires de votre mariage. C'est lui qui assurera le lien entre tous les intervenants en respectant les délais, il est un peu gestionnaire de votre agenda et vous rappellera toutes les étapes, les tâches et les règlements à effectuer…

4. Des idées géniales: vous n'avez pas d'idées sur ce que vous voulez dans votre mariage? Entre les tableaux Pinterest, les propositions de vos ami(e)s, et tout ce que vous pourrez lire ou voir… Comment faire le tri et faire que tout soit mis en œuvre pour que cela ressemble à quelque chose? C'est bien là que votre wedding planner va vous permettre de synthétiser. Il sera en capacité de vous donner une ligne directrice pour l'ensemble de votre mariage. Et on ne le redira jamais assez, mais il saura parfaitement vous apporter de nouvelles idées pour des choses qui sortent de l'ordinaire.

5. L'écoute, l'empathie et la diplomatie: en plus de son sens inné de l'organisation, ce sont des qualités indispensables à un bon organisateur de mariages! Le wedding planner doit tout d'abord écouter les futurs mariés pour comprendre leur histoire et leurs envies. Il doit faire preuve d'empathie afin de saisir l'importance de certains points à leurs yeux, de prévoir des solutions à leurs petites ou grandes sources d'angoisse. Et enfin, il peut aussi servir d'intermédiaire entre les mariés et leurs familles, qui n'ont pas toujours les mêmes idées en tête ou la même vision de cette journée si particulière.

6. Zéro stress: grâce à un wedding planner, vous n'aurez plus aucun souci à vous faire! Quelle couleur de nappe pour le candy-bar? Quelles musiques pour les trois temps forts de la soirée? Comment gérer les invités entre l'église et le vin d'honneur? Pas de panique, le wedding planner passe tous ces détails en revue et propose des solutions à chacun d'eux. Les mariés auront l'assurance d'avoir pensé à tout! Le jour J, c'est l'organisateur de mariage qui s'occupe de tout, afin que les mariés et leurs proches puissent profiter de cette belle journée sans stress, fatigue, ni mauvaise surprise.

VOTRE WEDDING PLANNER SERA TOUJOURS LÀ POUR FAIRE DE VOTRE JOLI JOUR, UN MOMENT UNIQUE ET INOUBLIABLE, À VOTRE IMAGE, EN VOUS FAISANT GAGNER UN TEMPS PRÉCIEUX, QUE SEUL UN PROFESSIONNEL DE L'ÉVÉNEMENTIEL SAIT FAIRE AVEC PRÉCISION, ORIGINALITÉ ET CRÉATIVITÉ. LE JOUR DE VOTRE MARIAGE VOUS SEREZ ÉPANOUIS, SANS CERNES ET SANS STRESS, LE WEDDING PLANNER A TOUT EN MAIN POUR FAIRE DE CE JOUR UN RÊVE ÉVEILLÉ.

ORGANISER MON MARIAGE

CÉRÉMONIES

La cérémonie *civile*

LE MARIAGE CIVIL, CONTRAIREMENT AU RELIGIEUX, A FORCE DE LOI DEPUIS 1792. IL EST OBLIGATOIRE ET CONSTITUE VOTRE UNION OFFICIELLE DEVANT LA LOI. QUELLE QUE SOIT VOTRE RELIGION, IL FAUT D'ABORD PASSER DEVANT MONSIEUR LE MAIRE.

Le lieu

Traditionnellement, le mariage est célébré à la mairie de la fiancée, mais il est possible de choisir la ville où réside le marié ou l'un des parents, à condition d'y être domicilié depuis plus d'un mois avant la publication des bans.

Le mariage civil peut se célébrer n'importe quel jour de la semaine (dimanche et jours fériés exclus).

Rien ne vous empêche de vous marier quelques jours ou quelques mois avant le mariage religieux, mais dans tous les cas, le mariage civil devra obligatoirement précéder le mariage religieux, s'il y en a un.

Ce que dit la loi

›› Deux personnes, même si elles ne sont pas de nationalité française, peuvent se marier en France, à condition qu'elles soient âgées d'au moins 18 ans.

›› Chacun des futurs époux doit n'avoir aucun lien de proche parenté ou d'alliance avec le futur conjoint et ne doit pas être marié (ou en instance de divorce) en France ou à l'étranger. Il est possible d'être déjà engagé par un PACS, conclu ou non avec le futur époux, puisque le mariage dissout automatiquement le PACS.

Le dossier de mariage

Pour pouvoir vous unir civilement, vous devez rassembler un certain nombre de pièces et documents. Commencez par retirer à la mairie où sera célébré le mariage un dossier de mariage chacun.

- Un extrait d'acte de naissance daté de moins de trois mois à la date du mariage (six mois s'il provient des DOM TOM ou d'un consulat).
- Une attestation sur l'honneur de domicile, de célibat ou de séparation (veuvage ou divorce). La plupart des mairies disposent de formulaires.
- Une photocopie d'une pièce d'identité valide.
- Un certificat du notaire si un contrat de mariage a été conclu.
- La liste des témoins, accompagnée d'une fiche d'état civil ou d'une photocopie de leur pièce d'identité. Pour que le mariage soit proclamé et validé, 2 témoins, au minimum, sont nécessaires, 4 au maximum. Ils doivent être majeurs et doivent fournir leur identité, leur profession, et un justificatif de leur domicile à la mairie 8 jours avant.

La publication des bans doit se faire dans la mairie du (des) domicile(s) des futurs époux pendant une durée de 10 jours, le mariage ne pouvant être célébré qu'à partir du 11e jour.

Si les époux signent un contrat de mariage, ils doivent l'établir devant un notaire, si possible quelques semaines avant le mariage. Dans le cas inverse, ils seront soumis au régime légal, c'est-à-dire à la communauté réduite aux acquêts (seuls les biens acquis pendant le mariage, par un des époux ou par le couple, sont en commun).

La cérémonie *laïque ou religieuse*

POUR CERTAINS, CETTE QUESTION NE SE POSE PAS. POUR D'AUTRES COUPLES, C'EST UNE VRAIE QUESTION : COMMENT CHOISIR ?

Vous avez simplement envie de vous marier à l'église parce que c'est beau, ou parce que vous pensez que cela va plaire à votre grand-mère? Alors là, on oublie!

Le mariage religieux ne doit se faire que si vous avez tous les deux des convictions profondes. Oubliez aussi le simple fait de faire plaisir à l'autre. Non, se marier religieusement, c'est vouloir intégrer Dieu dans son union en choisissant une religion à laquelle on est attaché.

Peu importe la religion, ce qui compte, c'est que le couple partage les mêmes croyances, les mêmes convictions. La cérémonie religieuse doit avoir du sens pour chacun.

Alors si l'un des deux est croyant et pas l'autre, si vous n'avez pas la même religion, si vous ne pouvez pas (remariage ou mariage gay), alors une extraordinaire solution est possible: la cérémonie laïque.

La cérémonie laïque

La cérémonie laïque n'est pas reconnue, mais elle a une grande dimension spirituelle. Vos deux âmes s'unissent devant l'univers de la façon la plus simple possible. Cette cérémonie met en avant votre amour sincère et vos deux personnalités. Elle souligne aussi votre façon de vivre et votre histoire en donnant un rôle à vos invités qui participent réellement à la cérémonie. Les invités importants pour vous et votre couple sont remerciés par leur présence au quotidien dans vos vies. Ainsi, la cérémonie laïque possède un vrai esprit de partage.

Le lieu

L'avantage d'une cérémonie laïque est qu'elle peut avoir lieu n'importe où! L'idéal, si le temps le permet, est de l'installer en extérieur, dans la nature. Cela peut avoir lieu dans un champ, une forêt, une grange, un jardin, des ruines...

Côté décoration, vous pourrez utiliser des chaises, des bancs, des ballots de paille ou des plaids à même le sol.

Il y a souvent une arche pour délimiter l'espace des mariés, mais rien n'est obligatoire. À la place, vous pouvez simplement agrémenter des arbres de rubans ou de guirlandes lumineuses.

Toutes les configurations intégrant le confort visuel et acoustique de vos invités sont envisageables! Alors à vous de choisir!

Son organisation

Ce type de cérémonie séduit de plus en plus de mariés grâce à sa dimension de liberté et d'authenticité. Mais comment l'organiser concrètement?

L'officiant

Choisissez un proche, un ami qui est à l'aise avec un micro. Mais attention, il n'est pas là pour parler de vous pendant 30 minutes!

Il doit rédiger le déroulé de votre histoire, et charge à vous de lui dire ce que vous ne voulez pas qu'il évoque. Dans une cérémonie, pas de place à l'improvisation! Il est impératif que le maître de cérémonie maîtrise les interventions des personnes que vous aurez choisies, mais aussi ce qui sera lu et dit. Il est important qu'il connaisse les lectures et les textes personnels des intervenants que vous aurez choisis.

Mais surtout, ne soyez pas trop dans le contrôle, vous les mariés! Inutile que vous ayez le déroulé couché sur papier dans son intégralité... Laissez ceci à l'officiant et laissez place à la surprise, cela n'en sera que plus fort en émotions.

Vous pouvez aussi donner ce rôle à un professionnel. Par sa neutralité et son expérience, il saura parfaitement orchestrer votre cérémonie d'engagement.

Les textes

Ce genre de cérémonie rend les mariés vraiment libres de faire ce dont ils ont envie. Il n'y a pas de règles ou de traditions à suivre impérativement. Ainsi, vous pouvez choisir des poèmes, des textes qui peuvent être ou non religieux, des écrits libres racontant des anecdotes, votre rencontre, votre vie, des paroles de chansons... Si vous le souhaitez, vous pouvez y intégrer des symboles religieux qui vous sont chers, ainsi que des empreintes de spiritualité...

VOUS AVEZ DONC L'ENTIÈRE LIBERTÉ DE VOS TEXTES, VOS MUSIQUES, VOS LECTEURS, ET BIEN SÛR VOUS Y INTÉGREREZ VOS VŒUX (D'AILLEURS VOUS PRÉFÉREREZ LA REMISE DES ALLIANCES À LA CÉRÉMONIE LAÏQUE PLUTÔT QU'À LA MAIRIE).

En moyenne une cérémonie laïque dure maximum 1 heure, alors assurez-vous que les intervenants ne soient pas trop nombreux et pas trop «bavards».

Vous avez vraiment envie d'avoir une personne à vos côtés, mais celle-ci, par timidité, ne se sent pas du tout le courage de se mettre devant le pupitre... Proposez alors de faire une lecture à deux ou à plusieurs, ou bien faites-la participer à un rituel ou apporter les alliances.

Choisir un officiant!

» C'est un rôle important, car c'est lui qui donne le ton de votre cérémonie, lui qui crée du lien entre les différentes lectures, textes et interventions. Il doit s'assurer du timing, et surtout du déroulé afin que cette cérémonie soit à votre image, et raconte l'histoire de votre couple.

Les rituels

Il est envisageable d'intégrer des rituels. De plus en plus pratiqués, ils renforcent le côté solennel de l'événement et symbolisent votre amour et votre union. Voici quelques exemples:

Ceux que vous ferez à deux

- Planter un arbre: il grandira ensuite au fil du temps, au fil de vos années d'amour.
- La bougie: chacun des époux allume une bougie, symbole du démarrage de votre union.
- Le sable: remplissez un contenant, de type vase, de sables de couleurs différentes, afin que finalement ils ne fassent qu'un!

Ceux où vous ferez participer vos invités

- Les galets: l'officiant a préalablement laissé un galet sur la chaise de chaque invité qui peut ainsi inscrire un mot. Vous garderez précieusement ensuite tous les vœux de «bonheur» que tous vous auront laissés.
- Les liens: mains jointes, des proches viennent entourer celles-ci de rubans de couleur, chaque couleur représentant une de vos valeurs. Votre engagement est ainsi représenté par vos mains enlacées.
- Le réchauffement des alliances: faites passer vos anneaux de main en main parmi vos invités pour faire un vœu. Faites-les glisser dans un ruban, cela évitera qu'elles ne tombent!

L'idée est d'apporter une symbolique. Libre à vous d'inventer un rituel qui vous parlera.

Le déroulé

Afin que le déroulement de ce moment particulier soit bien clair, votre officiant doit établir un document reprenant les étapes de la cérémonie : qui va dire quoi, dans quel ordre, ou qui arrive à quel moment... Chaque détail contribue à faire de cette cérémonie un moment magique!

- L'introduction: l'officiant ne manquera surtout pas de demander à éteindre les téléphones et de dire que les photos sont réservées au photographe. Rien de plus désagréable que des invités debout, dans l'allée!
- L'arrivée du cortège avec l'ordre de chaque personne, et votre arrivée: comptez-vous arriver ensemble? Ou bien le mari en premier et la mariée ensuite, au bras de qui? Sur quelle musique? N'oubliez pas tout ce qui est branchement électrique pour la musique ou bien l'éclairage.
- Le début de la cérémonie: quel élément va annoncer qu'elle commence? Comptez-vous mettre de la musique, pour faire monter l'émotion? Et puis, bien sûr, votre histoire?
- Les discours ou une chanson, ou simplement des intermèdes musicaux. Installez les intervenants dans les premiers rangs pour gagner du temps.
- Les rituels symboliques.
- L'échange des vœux: il va de soi que vous devez préparer votre belle déclaration l'un pour l'autre.
- L'échange des alliances.
- Le baiser des mariés: évidemment!
- La conclusion: l'officiant, mais vous pouvez aussi remercier les invités et les convier à un rafraîchissement ou directement à votre cocktail.
- La sortie des mariés: de la même façon, pensez à votre musique de sortie et au rôle que pourraient jouer vos invités (lancer de pétales, de confettis, faire une allée de scintillants...).

Le cortège

EH OUI, ENCORE UN « TRUC » À PRÉVOIR ! LE CORTÈGE CORRESPOND À L'ORDRE DANS LEQUEL TOUT LE MONDE ENTRE DANS L'ÉGLISE. MÊME SI CE RITUEL CORRESPOND AUX CÉRÉMONIES RELIGIEUSES, VOUS POUVEZ AUSSI ORGANISER VOTRE CORTÈGE POUR UNE CÉRÉMONIE LAÏQUE. EN EFFET, CETTE ENTRÉE EST TOUJOURS UN MOMENT TRÈS ATTENDU PAR LES INVITÉS QUI SE LÈVERONT AU PASSAGE DU CORTÈGE.

C'est un joli moment, mais comment cela se passe-t-il concrètement?

Les invités entrent en premier. Une personne de votre choix prendra soin de préciser que les premiers rangs sont réservés à la famille et aux proches. Vous pouvez d'ailleurs faire apposer de belles étiquettes avec les prénoms des 2 premiers rangs. La tradition est d'installer la famille de la mariée à gauche et celle du marié à droite.

Ensuite vient le marié aux bras de sa maman, à gauche. Pensez «côté cœur» pour vous en souvenir. Le marié invitera sa mère à s'asseoir et se positionnera devant l'autel en regardant l'entrée du cortège. Petit moment de stress, bien sûr, car on vous le rappelle, il n'aura encore pas vu sa belle!

Suit le père du marié avec la mère de la mariée.

Suivent ensuite les demoiselles et garçons d'honneur. Pour un aspect esthétique, il est préférable de les «ranger» par taille, des plus petits aux plus grands. Vous pouvez former les couples aussi par taille en mettant soit toutes les femmes à gauche, comme Maman, soit en intercalant, ce qui est beaucoup plus joli.

Enfin, arrive la mariée...

Devancée par les enfants d'honneur, les plus petits. Les plus grands tiennent le voile éventuellement.

La mariée entre au bras droit de son père qui l'accompagnera jusqu'à l'autel, rejoignant ainsi le marié les yeux remplis d'émotion!

Le cortège en musique

Cette entrée du cortège se fait toujours sur un pas lent et tranquille. Bien entendu, si vous êtes dans une église, cela sera plus solennel que lors d'une entrée de cérémonie laïque, dans laquelle vous pouvez avoir une entrée des demoiselles et garçons d'honneur sur quelques pas de danse, une sorte de chorégraphie sympathique.

Tout cela se fait en musique, pour intensifier ce moment, vous savez, celle qui vous prend aux tripes! Vous aurez choisi une musique d'attente, uniquement quand vos invités s'installent, et HOP, la musique démarrera quand le marié pointe le bout de son nez. Il peut y avoir une musique différente à l'arrivée de la mariée, ou la même, mais attention au timing.

Voici quelques exemples, mais laissez surtout parler vos envies et trouvez la musique qui vous «arrache des larmes de bonheur».

Les morceaux classiques: *Canon* de Pachelbel, *Air sur la corde de sol* de Bach, *Marche nuptiale* de Mendelssohn, *Alleluia* de Haendel, *Ave Maria* de Schubert.

Vous pouvez aussi trouver votre bonheur avec une chanson française ou internationale, en CD, mais qui peut juste être interprétée musicalement: *Quand on n'a que l'amour* de Jacques Brel, *La Déclaration d'amour* de France Gall, *Et si tu n'existais pas* de Joe Dassin, *Vivo per lei* ou *Con te partiro* d'Andrea Bocelli.

Enfin des morceaux plus inattendus comme: *Arrival Of The Birds* de The Cinematic Orchestra, *Can't Help Falling In Love* d'Haley Reinhart, *Beautiful* de Mandalay, *Yumeji's Theme* de Shigeru Umebayashi, *A Thousand Times Good Night* d'Abel Korzeniowski.

Et pour la sortie, faites sortir vos invités en premier, les mariés en dernier traversant une haie d'honneur sous une pluie de pétales de roses, d'applaudissements et de «vive les mariés».

Les enfants *d'honneur*

LORS DE VOTRE MARIAGE, VOS AMI(E)S, FRÈRES OU SŒURS, COUSINS, COUSINES, VIENDRONT PEUT-ÊTRE, ACCOMPAGNÉS DE LEURS BOUTS DE CHOU. POURQUOI NE PAS IMPLIQUER CES ENFANTS DANS VOTRE MARIAGE EN LEUR DONNANT UN PETIT RÔLE PENDANT LA CÉRÉMONIE.

Nommez-les enfants d'honneur, ils en seront ravis! Pour sublimer votre entrée dans l'église ou votre cérémonie, faites-vous accompagner par un cortège d'enfants. Ces petits auront la responsabilité de tenir votre traîne et de lancer ou de distribuer les pétales de rose à la sortie de l'église. Vous pouvez également désigner un des enfants pour apporter les alliances. Cependant, soyez vigilants dans vos choix, que votre cérémonie ne se transforme pas en cour de récréation.

Comment bien choisir son cortège?

Il n'y a pas de règle concernant le nombre d'enfants dans un cortège, vous avez ainsi la liberté d'en choisir autant que vous voulez. Néanmoins, nous vous conseillons de choisir maximum 6 à 8 enfants. Un nombre trop élevé peut être compliqué à gérer, mais c'est vous qui décidez. Nous vous recommandons également de choisir des enfants âgés de 4 à 8 ans. En dessous de 4 ans, ils sont trop jeunes pour pouvoir comprendre les consignes et l'importance de leur rôle. Au-delà de 8 ans, ils sont un peu grands et n'ont plus vraiment leur place dans un cortège. Si vous le pouvez, essayez de choisir un nombre équivalent de filles et de garçons, cela rendra votre cortège plus harmonieux.

Afin de bien préparer les enfants à leur rôle, prévenez les parents à l'avance, le plus tôt sera le mieux, mais considérez 3 mois minimum avant le mariage, histoire d'être certains de leur présence le jour J, et pour vous laisser le temps de trouver leur tenue. Vous pouvez les entraîner lors d'une répétition générale pour leur montrer exactement leur parcours, essayer et vérifier leur tenue, et éviter tout cafouillage. Vous pouvez également désigner un parent responsable des enfants d'honneur, qui s'occupera d'eux pendant la cérémonie.

Tenues et accessoires

La tenue des enfants du cortège doit idéalement être adaptée au thème du mariage et respecter le code couleur. Les jeunes filles peuvent aussi avoir quelques raccords dans les matières ou les couleurs avec la robe de mariée. Les garçons doivent être assortis aux petites filles. Il existe de nombreux créateurs de tenue de cortège qui s'adapteront parfaitement à vos envies et au thème de votre mariage. Vous pouvez également trouver de très belles tenues dans les grandes enseignes de prêt-à-porter pour enfants. Cependant, faites attention au temps de livraison ou de création, d'où l'intérêt de choisir tôt les enfants d'honneur. Concernant les accessoires, prévoyez une couronne de fleurs ou des bouquets dans le thème floral de votre décoration ou du bouquet de la mariée. Vous pouvez aussi confier aux enfants un panier rempli de pétales de rose pour la sortie des mariés.

Vous avez ainsi toutes les cartes en main pour créer votre cortège d'enfants d'honneur.

La sortie
de cérémonie

AVANT, LES CONVIVES JETAIENT DES GRAINȘ DE RIZ À LA SORTIE DES MARIÉS. CELA SYMBOLISAIT LA FERTILITÉ ET LA PROSPÉRITÉ. LE LANCER DE RIZ ÉTANT DÉSORMAIS INTERDIT, ON PEUT FAIRE PERDURER CE RITUEL AVEC UNE TOUCHE D'ORIGINALITÉ. VOICI QUELQUES EXEMPLES POUR ÉGAYER VOS PREMIERS PAS AUX BRAS DE VOTRE AMOUREUX(SE).

- Les colombes: symbole universel de la paix, elles illustrent également l'amour. Leur présence est donc doublement appropriée, leur envol marquera l'esprit de vos invités.
- Les papillons: une touche originale. Dans le même style que les colombes, pourquoi ne pas ouvrir une grande boîte pleine de papillons? Un moment plein de poésie qui emballera vos invités. Le résultat sera visuellement époustouflant!
- Les fleurs de lavande: un lancer parfumé! Réputé pour son parfum, la lavande apportera une ambiance douce et provençale.
- Les ballons: si vous n'avez pas envie d'avoir les cheveux remplis de confettis ou de pétales de fleurs, optez pour un lancer de ballons! Ils apporteront de la couleur à votre mariage et de la légèreté.

- Les confettis: ils sont synonymes de gaieté et de fête! En papier, en matière végétale, en tissu, il en existe pour tous les goûts. Vous pouvez même accorder leur couleur et leur forme au thème que vous avez choisi pour votre mariage!
- Les avions en papier: symbole d'un envol vers votre nouvelle vie à deux! Le lancer d'avions en papier est une idée originale et peu onéreuse.
- Une pluie de pétales de fleurs: le romantisme absolu, vous pouvez les cueillir dans votre jardin ou opter pour des pétales artificiels qui se conservent mieux.
- Les bulles de savon: munissez vos invités de flacons, les bulles donneront un effet féerique à votre sortie!

CHOISISSEZ LE LANCER QUI VOUS RESSEMBLE !

Conseil organisation

• Pensez à demander à votre lieu de célébration ! Certains autoriseront uniquement les fleurs fraîches, biodégradables.

• Prévoyez les contenants, de jolis paniers pour que 2 personnes puissent faire la distribution.

• Ou déposez ou accrochez des cornets sur chacune des chaises de vos invités.

ORGANISER MON MARIAGE
CHOISIR
SON LIEU

Le lieu

Votre date de mariage est fixée ? Ne tardez pas à faire vos recherches et à réserver le lieu de vos rêves. Des lieux traditionnels aux plus atypiques, voici quelques conseils pour choisir.

Avant vos recherches

Dans un premier temps, établissez le budget global pour votre mariage et déterminez quelle part de celui-ci sera consacrée au lieu de réception.

Avant de réellement débuter votre recherche, il serait idéal d'avoir une idée du nombre d'invités présents le jour J. Effectivement, selon s'il s'agit d'un mariage en petit comité ou avec bien plus de convives, le lieu ne sera sûrement pas le même. D'ailleurs certains lieux ont une capacité maximale.

Rechercher

Dans un second temps, repérez la région dans laquelle vous désirez organiser vos festivités. En ville, à la campagne, à la plage ou à la montagne ? À partir de là, établissez une liste de lieux en adéquation avec le type et le style du mariage voulu. En effet, si vous souhaitez un mariage digne des contes de fées, privilégiez un château ou un manoir. En revanche, pour un mariage au style champêtre, optez pour un joli mas provençal ou, pourquoi pas, une grange dans le calme de la campagne. Évitez cependant de choisir un lieu de réception excessivement éloigné du lieu de votre cérémonie !

Prenez ensuite contact avec les propriétaires des lieux pour obtenir les tarifs et les différentes prestations et pour échanger sur les critères

à respecter, cela vous évitera d'aller trop rapidement faire des visites dans des lieux «canon», mais qui ne rentreront ni dans votre budget, ni dans vos critères.

L'extérieur

Pour les mariages au printemps ou en été, l'extérieur de votre lieu de réception est essentiel. Y a-t-il assez d'espace pour recevoir tous vos invités pour le cocktail ou même le dîner? Y a-t-il la possibilité d'installer une tente en cas de pluie ou de soirée plutôt fraîche? Le cadre est-il idéal et agréable? Ne négligez pas cet élément, l'environnement fera partie intégrante du décor de votre mariage.

Visiter et choisir son lieu de réception

Vient le moment de visiter votre sélection de lieux. La clé? Marchez au coup de cœur! Si le lieu vous a tapé dans l'œil et correspond à tous vos critères, foncez!

Au risque d'être déçus, ne tardez pas à réserver, certains endroits sont très prisés et réservés parfois jusqu'à plus d'un an en avance!

Dans le cas où vous ne trouvez pas de lieux ou que les recherches vous prennent trop de temps et d'énergie, n'hésitez pas à faire appel à des professionnels disposant déjà d'un réseau. Ils seront là pour vous guider et vous faciliter la vie.

DIS-MOI QUI TU ES, JE TE DIRAI QUEL TYPE DE LIEU EST FAIT POUR TOI...

C'est un peu la question à laquelle vous devez répondre: vous devez choisir votre lieu de réception, selon vos goûts et vos traits de caractère... Vous êtes sensibles, généreux, altruistes, vous n'aimez pas vous prendre la tête, vous sentez proche de la nature et n'aimez pas le tape-à-l'œil. En un mot, vous vous définissez comme authentiques! Si vous vous reconnaissez dans ces quelques lignes, alors il vous faut un lieu à votre image: une malouinière ou une ferme rénovée. Si vous êtes conservateurs, que vous aimez l'histoire et le passé, vous succomberez à des lieux pleins d'histoire et au charme rustique. Si vous êtes fiers et indépendants, vous aimez vous démarquer et vous faire remarquer, il vous faut un lieu atypique... Pourquoi pas célébrer votre mariage sur l'eau? Yacht ou péniche, votre mariage voguera sur un long fleuve tranquille...

Petite liste récapitulative des types de lieux de réception que vous pourriez trouver:

Les plus traditionnels:

- L'hôtel
- Le restaurant
- La salle de réception

Les lieux insolites:

- Le château, le manoir et le mas, avec leur domaine
- Le moulin
- La péniche ou le bateau
- La ferme et sa grange

Éléments à prendre en compte

Le choix du lieu doit se faire à deux.

Déterminez ensemble vos priorités. Commencez par l'aspect visuel du lieu, aussi bien extérieur qu'intérieur. Pour bien vous en rendre compte, vous devez absolument le visiter, cela vous permettra de vous projeter, de visualiser les espaces disponibles et donc de commencer à réfléchir aux animations possibles.

- **Activez votre GPS avant de partir, cela vous permettra de savoir combien de temps vous mettrez, vous et vos invités. Partez de la mairie, du lieu de cérémonie ou de celui de la préparation dans le cas d'une cérémonie laïque sur place.**
- **Partez avec une petite check-list des questions à poser au propriétaire.**

Visitez les lieux en imaginant le déroulé de votre réception dans l'ordre.

Partez du parking, vérifiez l'accessibilité. Pensez aux personnes âgées, à celles à mobilité réduite et aussi à vous les mariés, s'il faut traverser un terrain en pente, long, en terre ou en herbe... Demandez bien au lieu quel éclairage est prévu pour le retour aux voitures de vos invités.

Occupez-vous ensuite du lieu de la cérémonie laïque, calculez le trajet depuis le parking, où se fera votre cocktail, puis votre repas et enfin la piste de danse.

Pensez toujours «logistique», il n'est effectivement pas très glamour de voir le traiteur déplacer chaises et buffet devant vos invités qui attendent!

Pensez toujours plan B, car s'il est super de faire son cocktail sur la terrasse extérieure, où peut-il se faire s'il pleut? Le propriétaire vous proposera alors peut-être une grange, un auvent, une autre salle...

Pensez aussi déplacements: si vous choisissez un grand domaine, sachez qu'il est compliqué de faire aller beaucoup d'invités rapidement d'un point A à un point B.

Visualisez la salle, mais demandez la capacité maximum, et si possible, faites installer quelques tables pour mieux vous projeter. Attention aux salles séparées, souvent comme telles dans les châteaux, qui risquent de casser l'ambiance. Faites en sorte d'avoir une salle où toutes les tables se voient. Exit les salles en L et, surtout, pensez qu'il vous faut l'emplacement de la piste

LA VISITE VOUS PERMETTRA ÉGALEMENT D'ÉVALUER VOTRE RESSENTI AVEC LE LIEU ET LES PROPRIÉTAIRES ! EN EFFET, CE SITE MARQUERA À JAMAIS VOTRE VIE DE COUPLE, VOUS DEVEZ DONC VOUS Y SENTIR BIEN ET À VOTRE PLACE.

de danse (comptez 1 m² par personne), et pas question de retirer des tables après le dessert pour passer à la danse!

La salle pour la soirée dansante et les horaires de fin de soirée: demandez ces informations lorsque vous visitez un lieu, car les horaires de fin de soirée varient selon les sites. Demandez aussi quelles sont les exigences concernant le niveau sonore. Certains lieux disposent de limiteurs de son, d'autres vous imposeront de ne danser qu'en intérieur portes fermées. Si vous avez une bande de copains très fêtards, préférez un lieu au milieu de la campagne, libre de tout arrêté sur les nuisances sonores.

Une fois que vous aurez vu les emplacements, faites-vous montrer le mobilier mis à disposition. Demandez si les tables et chaises sont comprises dans le prix. Si c'est le cas, tant mieux En revanche, si vous souhaitez faire un mariage chic et que les chaises sont des chaises campagnardes, cela risque fort de vous déplaire! Dans ce cas, faites appel à un autre prestataire pour louer vos chaises et vos tables, ce qui complique la logistique. Vérifiez bien auprès du propriétaire, qui fait la mise en place – le traiteur ? le lieu ? – au risque de devoir trouver une bande de copains pour installer chaises et tables le matin du mariage. Inenvisageable!

Visitez les hébergements proposés par le lieu, sinon demandez-leur la liste des hôtels, gîtes et autres à proximité, ils disposent toujours de ces informations pour satisfaire les invités. Visitez la chambre nuptiale, si elle ne vous sert pas seulement pour dormir, pensez éventuellement à la préparation de la mariée, et donc si elle a suffisamment d'espace pour s'habiller, se coiffer, se maquiller, si elle dispose d'un miroir en pied, d'un emplacement pour pendre sa robe.

Pensez également à visiter les cuisines. Cela vous permettra ainsi de donner des informations au traiteur, et notamment de lui indiquer quelles sont les conditions de livraison. Il ne faudrait pas que le camion frigorifique soit à la vue des invités!

Des petits détails techniques et logistiques, mais qui peuvent vite vous ennuyer le jour du mariage. Pensez à demander la puissance électrique acceptée : les lumières qui s'éteignent ou votre musique qui s'arrête sans arrêt risqueraient fort de vous agacer!

Rassurez-vous, les lieux sont pour la plupart tenus par des professionnels qui sauront vous donner ces informations en toute transparence et vous aiguiller aussi sur des prestataires de qualité avec lesquels ils travaillent régulièrement (fleuriste, DJ, traiteur...).

Le mariage *sous chapiteau*

VOUS SOUHAITEZ VOUS MARIER DANS LE JARDIN D'UNE PROPRIÉTÉ DE FAMILLE, DANS LE PARC D'UN CHÂTEAU OU D'UN TERRAIN PRIVÉ ? VOUS LE POUVEZ MAIS L'INSTALLATION D'UNE TENTE DE RÉCEPTION DEMANDE DE PRÉVOIR DES ASPECTS TECHNIQUES, ET LE BUDGET POURRAIT VITE AUGMENTER PAR RAPPORT À UNE SALLE.

La tente

Déterminez le nombre d'invités pour prévoir la surface de la tente:

- dîner assis en tables rectangles: 1 m² par personne
- dîner assis en tables rondes: 1,20 m² par personne
- Cocktail debout: 2 personnes au m²
- Piste de danse: 1 m² par personne

Vous avez ainsi la superficie de votre chapiteau, vous garantissant la disponibilité sur votre terrain. Il est indispensable de faire appel à un professionnel qui sera des meilleurs conseils pour la surface, l'orientation et l'installation. Ne sous-estimez pas cette phase, si vous êtes sur un terrain en pente, il saura faire les calages nécessaires pour le plancher de sol. Mais surtout, il fera l'installation en toute sécurité, en amarrant la tente correctement, évitant la catastrophe en cas de vent, tempête et pluie.

Sauf si vous disposez de grandes cuisines proches du barnum, installez une tente supplémentaire comme office traiteur.

Pensez aussi aux sanitaires, car il n'est pas envisageable de faire aller les invités dans les toilettes intérieures de votre propriété. Louez des toilettes mobiles et définissez-en judicieusement l'emplacement, car elles ne sont pas toujours très esthétiques.

Avec ou sans parquet

Vous pouvez toujours organiser votre cocktail en extérieur ou sous une autre tente sans parquet, cependant ne faites pas l'impasse du parquet pour le dîner. C'est une question de confort, d'esthétique, mais c'est aussi une question pratique : en cas de forte pluie, le parquet évitera les remontées humides. Et puis pour danser, cela est quand même bien plus agréable surtout pour vos copines en talons hauts!

Si vraiment vous décidez de faire votre dîner «les pieds dans l'herbe», installez *a minima* une piste de danse. De plus, sachez que l'office traiteur doit impérativement être équipé d'un parquet.

L'électricité

Que ce soit pour le traiteur ou le DJ, prévoyez une arrivée électrique. Si le lieu n'est pas équipé, louez un groupe électrogène avec suffisamment de gasoil (pas toujours silencieux), un tableau électrique, un régulateur de tension... Eh oui, il n'y a pas que l'éclairage de votre chapiteau, les postes les plus importants sont le DJ et le traiteur, il est donc important de déterminer la puissance nécessaire avec les prestataires, qui pourraient refuser la prestation au risque de complication ou endommagement de leur matériel.

Le chauffage

Pensez-y, car même si vous vous mariez en été, les soirées peuvent être fraîches. Louez des champignons au gaz. Mais pensez bien à les éteindre en fin de soirée!

Si vous avez imaginé un mariage au milieu des champs, réfléchissez bien, car comme vous le voyez, cela suppose de lourdes installations techniques qui doivent être sécurisées pour le bon déroulement de votre réception.

Les hébergements

VOS INVITÉS VIENNENT DE LOIN, D'AUTRES VONT RESTER JUSQU'AU BOUT DE LA NUIT EN GRANDS FÊTARDS QU'ILS SONT, VOUS SOUHAITEZ QUE CERTAINS REVIENNENT AU BRUNCH LE LENDEMAIN... QUELLE QUE SOIT LA RAISON, POUR LE CONFORT ET/OU LA SÉCURITÉ DE TOUS, IL EST INDISPENSABLE DE PROPOSER DES HÉBERGEMENTS À VOS CONVIVES.

Les différentes solutions

1. Des chambres sur place :

- C'est bien entendu LA solution idéale, mais il est parfois difficile de trouver suffisamment de chambres pour tous vos invités. Dans ce cas, faites le choix de les réserver à vos proches. N'oubliez pas de faire une «rooming list» en affectant les chambres et en comptant les lits disponibles, les sanitaires, etc., tout pour satisfaire tous vos invités.

2. Les gîtes et chambres d'hôtes :

- Votre lieu de réception sera à même de vous remettre une liste des hébergements de ce type aux alentours. Certains invités d'ailleurs préféreront s'isoler un peu du lieu de la fête pour dormir, d'autres choisiront ce type d'hébergement moins cher en prix de revient par personne.

3. Les gîtes de groupe :

- Ces grands bâtiments pouvant accueillir 40, 50, 60 personnes peuvent être intéressants, mais les couchages sont souvent sommaires et les sanitaires collectifs. Cela ne conviendra pas pour tous vos invités.

4. L'hôtel :

- Proposez des hôtels aux alentours et faites une liste avec différents niveaux de prix pour laisser le choix à chacun de réserver en fonction de son budget.

5. Les campings :

- C'est une solution intéressante en termes de nombre de couchages et de prix. Sans penser toile de tente, de nombreux campings proposent des hébergements très confortables: mobile-home, chalets, cabanes, yourtes... Il se pourrait bien d'ailleurs que certains de vos invités prolongent avec une petite semaine de vacances personnelles...

INFORMER SES INVITÉS

Vous pouvez joindre la liste des hébergements sur un carton supplémentaire dans vos faire-part. Si vous avez créé un site, laissez-y les noms, adresses et téléphones des hébergements possibles avec le nombre de couchages. Donnez la fourchette de tarifs, comme cela chacun sera libre de choisir en fonction de son budget. Précisez aussi l'éloignement depuis le lieu de réception.
Laissez-les libres de faire leur réservation eux-mêmes en leur rappelant bien sûr que le plus tôt est le mieux. Bien entendu, si vous avez prévu des navettes entre les lieux d'hébergements, il est impératif que vous connaissiez ensuite les réservations effectuées avec le nombre et le nom des personnes.

Qui paie?

Tout le monde sait qu'un mariage coûte cher, et personne ne vous réclamera de payer tous les hébergements. Charge à vous, cependant, de bien donner des hébergements de différents niveaux de prix. Bien entendu, vous pouvez offrir le couchage à vos proches ou vos témoins, ceux qui vous ont aidés dans les préparatifs, mais pas d'obligation!

Essayez de négocier des tarifs auprès des hébergeurs pour proposer des prix moins importants à vos convives. Chacun y trouvera son compte et, finalement, vos invités seront ravis que vous ayez prévu la logistique. Ils apprécieront grandement de ne pas avoir de voiture à prendre.

Fatigue, boissons alcoolisées: zéro prise de risque pour vos invités, alors si les hébergements ne sont pas sur place ou dans un périmètre très proche, vous pouvez louer des minibus ou bus qui feront les navettes dans la nuit aux différents points d'hébergements. Et laissez toujours à disposition le téléphone de taxis pouvant aussi faire ces prestations de nuit.

ORGANISER MON MARIAGE

LES PRESTATAIRES

Comment choisir *ses prestataires*

Qui prendre?

Engager des professionnels pour son mariage, cela va de soi… Pourtant, il arrive parfois que l'on rencontre des couples qui, pour des raisons budgétaires, font appel à des amis.

Si nous avons tous des amis qui aiment la photo, réaliser des bouquets pour leur intérieur ou qui ont une vraie passion pour la musique, il est important de ne pas leur confier 100 % de la prestation pour votre mariage, voici les 3 raisons d'engager un pro, pro pour professionnel et pas pro pour proche!

ENGAGER UN PROFESSIONNEL À SON MARIAGE A UN COÛT, CERTES. MAIS C'EST AUSSI LA CERTITUDE QUE VOTRE MARIAGE SOIT CELUI DONT VOUS AVEZ TOUJOURS RÊVÉ.

1. L'engagement

Un professionnel vous est totalement dévoué et lié par un contrat. Quand un ami peut être en retard, décider d'annuler quelques mois (ou jours!) avant la date fatidique vous laissant en bien mauvaise posture, le professionnel sera là, quoi qu'il arrive.

2. L'expérience et le résultat

Un professionnel a l'habitude des mariages, il sait quoi faire, comment et à quel moment. Imaginez que vos amis viennent sans arrêt vous questionner sur leur prochaine action, avant et pendant le mariage. De quoi avoir des sueurs froides! Avec un professionnel, vous vous laissez guider et vous avez l'assurance d'avoir un résultat parfait.

3. La relation

Lorsqu'on choisit de confier son mariage à un ami, le risque d'abîmer sa relation avec lui n'est pas à négliger. C'est un jour important pour vous, vous allez (et c'est normal) être exigeants. Et si tout ne se passait pas comme prévu? Si vous étiez déçus du résultat? De quoi créer de vives tensions entre vous et votre ami, ou pire, se fâcher définitivement… et puis, comment pourraient-ils profiter de la fête sinon?

Contrats & CGV

VOICI LE MOMENT DE SÉLECTIONNER TOUS VOS PRESTATAIRES, ET C'EST LÀ LA PARTIE UN PEU ADMINISTRATIVE DES CHOSES : VÉRIFIEZ, CONTRÔLEZ ET SIGNEZ UN CONTRAT AVEC CHACUN DE VOS PRESTATAIRES : CELA VOUS ÉVITERA BIEN DES DÉCONVENUES PAR LA SUITE.

1. Ne faites *a priori* pas forcément confiance. Même si vous avez eu un super feeling avec un prestataire, la confiance ne pourra s'établir qu'une fois le contrat signé, quel que soit le prestataire!

2. Vous ne voulez pas qu'il vous fasse faux bond le jour J! Alors vérifiez sa réputation, lisez des avis. Vous vous apercevrez vite une fois les devis reçus du sérieux de son activité, la véracité de sa société, il ne faudrait pas que la société n'existe plus le jour J, et oui ça arrive!

3. Une fois que l'on a dit tout ça, bien sûr rencontrez-le. Et ne vous laissez pas envahir juste par la joie d'une simple jolie rencontre que vous avez pu avoir ou par un «faites-moi confiance, on verra ça plus tard». Exigez la signature d'un contrat, seule trace de vos obligations et de celles du prestataire.

4. Lisez avec attention toutes les lignes du contrat, demandez des explications ou des précisions, ne laissez rien dans le flou.

5. Les conditions de règlement doivent être obligatoirement précisées dans le contrat. Vous aurez souvent un acompte ou des arrhes à verser, soit pour bloquer la commande, soit parce que le prestataire doit engager un travail immédiatement. Les autres versements doivent également être précisés, bien souvent ce solde sera à verser le jour J.

Certains lieux vous demanderont des règlements en plusieurs fois avec un solde à J-1 mois, le traiteur vous établira une facture après le mariage, quasiment tous les autres prestataires vous demanderont des soldes le jour J, ou comme les photographes à la remise de l'album.

Les prestataires devront avoir précisé aussi sur leur contrat les éventuels frais de déplacements. Imaginons que vous vous mariez à Paris et que vous souhaitiez faire venir un duo piano-voix du sud de la France, vous devrez bien sûr vous acquitter de leurs frais de déplacements qui peuvent comprendre des frais kilométriques, péages, nuitées, repas. Prenez donc bien en compte ce que vous devrez leur rembourser au réel ou au forfait s'ils en ont.

Concernant les repas, il vous faudra payer les repas des prestataires présents toute la journée. Bien entendu, pas tous les prestataires, regardez en fonction de leur réelle présence, un officiant de cérémonie laïque ou un magicien faisant une prestation pendant le cocktail ne resteront pas pour le dîner. Les traiteurs proposeront des repas moins chers pour les prestataires et organiseront avec vous le service de ceux-ci à part de la salle de réception.

6. Vérifiez les horaires sur le contrat pour chaque prestataire. Vous vérifierez les heures d'arrivée du traiteur, ainsi que les heures de services et le nombre de serveurs restant pour la nuit. Pour les autres prestataires, il en est de même, certains proposeront un forfait mais validez bien avec eux l'heure de début et l'heure de fin.

Prenons un exemple: votre photographe vous donne un forfait de 10 heures; sauf que si vous l'attendez à 9h30 le matin pour les préparatifs, qu'en sera-t-il des photos de votre soirée? Discutez avec vos prestataires des heures de fin de prestation, vous n'êtes pas à l'abri d'un petit imprévu, d'un petit décalage d'heure sur votre beau planning initial, alors voyez s'ils sont souples ou appliquent des heures supplémentaires et leurs tarifs. Tout cela doit être très clair.

7. Entrez dans les détails, qui fait quoi, qui fournit quoi… Le grand classique concerne la gestion des poubelles, certains lieux ne souhaitent pas gérer les ordures, alors qui s'en occupe? Le traiteur? Vous? C'est un peu la même chose pour le ménage du lendemain, acceptez un forfait ménage plutôt que de vous dire que tous vos potes prendront les balais et autres serpillières.

Conseil

Malgré le contrat et les différents rendez-vous que vous avez pu avoir, il est toujours bien de téléphoner à chacun de vos prestataires quelques jours avant le mariage, histoire de bien vérifier à quelle heure ils arrivent, ce qu'ils doivent faire, prévoir ou apporter, et envoyez-leur un mail récapitulatif des changements qu'il y aurait pu avoir entre-temps.

Les faire-part

SI PLANIFIER UNE CÉRÉMONIE PARFAITE N'EST PAS DE TOUT REPOS, L'ANNONCE DE VOTRE MARIAGE NE L'EST PAS NON PLUS. LE FAIRE-PART ANNONCE L'UN DES PLUS BEAUX JOURS DE VOTRE VIE, IL NE FAUT PAS LE NÉGLIGER.

Bien choisir son thème

Il y a un long chemin à parcourir avant de partager avec vos convives cet instant de bonheur qu'est l'annonce de votre mariage. Et si vous trépignez d'impatience, sachez qu'un faire-part doit refléter le thème de votre mariage. Si vous n'y avez pas encore réfléchi, le moment est venu.

Vous n'êtes pas obligés d'assortir votre faire-part de mariage à votre décoration, mais c'est toujours plus harmonieux lorsque les moindres petits détails sont accordés, notamment au niveau des couleurs. Et lorsque vos convives recevront le faire-part, ils auront un aperçu de votre mariage.

Commander un échantillon

Si vous avez eu plusieurs coups de cœur et que vous avez du mal à choisir le faire-part final, commandez un échantillon. Il est toujours recommandé de passer par cette étape avant la commande, de façon à avoir un aperçu réel du faire-part (taille, couleur…) et à vous projeter.

Bien rédiger son texte

Le texte doit refléter l'image de votre couple, et de votre union. Si vous avez la réputation d'un couple drôle, pourquoi ne pas rédiger un texte humoristique? Cependant, si vous n'êtes pas sûrs de vous, il vaut mieux envisager un texte traditionnel du genre «Geoffrey et Justine ont

l'immense bonheur de vous convier à leur mariage qui se déroulera le … à … ». Pensez à adapter votre texte à la taille du faire-part, parce que si vous avez tout prévu et qu'au moment de la commande le texte ne rentre pas, il faudra tout recommencer. Avant de valider votre faire-part, relisez bien votre texte et n'hésitez pas à demander l'avis d'un de vos proches.

Établir le nombre exhaustif d'invités

Le nombre de faire-part à envoyer est toujours difficile à déterminer. Pour cela, faites une liste complète des personnes que vous comptez inviter à votre mariage. En général, il faut compter un faire-part par foyer. Concernant le carton d'invitation, certains faire-part disposent de modèles assortis, sinon choisissez-en un qui s'accorde à votre thème. Puisqu'il vaut mieux prévenir que guérir, ajoutez dix faire-part à votre nombre final, on ne sait jamais. Si certains convives se désistent, utilisez vos faire-part supplémentaires pour inviter d'autres personnes. Au pire, vous aurez un exemplaire en souvenir de votre mariage.

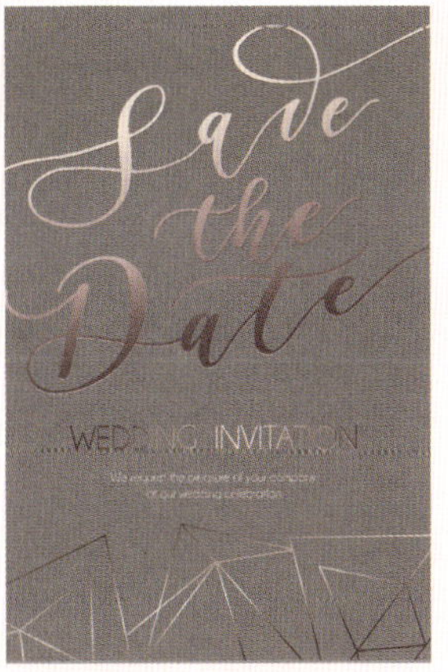

Save the date

Pour être certains que tous seront là, vous pouvez envoyer un «Save the date», petit carton annonçant simplement la date du mariage, les informations de déroulé et les lieux de la cérémonie et de la réception ne seront divulgués que plus tard dans un faire-part.

Date d'envoi

La date d'envoi du faire-part varie suivant la période à laquelle vous avez prévu de vous marier. Par exemple, si vous vous mariez en août et qu'il est fort probable que la plupart de vos invités aient prévu de partir en vacances, anticipez bien à l'avance afin que ces derniers puissent réserver cette date. Prévoyez le retour de leur réponse à mi-chemin entre l'envoi et le jour du mariage afin d'avoir un maximum de temps pour gérer l'organisation du mariage. Il vaut mieux s'y prendre trop tôt que trop tard.

Timbres et tampons

À La Poste, choisissez un timbre à thème. Il en existe de magnifiques, au même prix que les normaux. Vous pouvez aussi créer un tampon personnalisé que vous apposerez sur le dos de l'enveloppe (enveloppe qui sera toujours assortie à vos faire-part). Encore plus chic, faites un sceau en cire justement, très beau!

Dîner

Le traiteur

MANGER EST UN DES PLAISIRS DE LA VIE ! AINSI, LE REPAS DE VOTRE MARIAGE, PEU IMPORTE SA FORME, EST UN ÉLÉMENT ESSENTIEL DE VOTRE GRAND JOUR. LES FUTURS MARIÉS VEULENT FAIRE PLAISIR À LEURS INVITÉS À TRAVERS CE REPAS PARTAGÉ. C'EST UN JOUR DE FÊTE, UNE BELLE OCCASION DE METTRE EN ÉVEIL LES PAPILLES DE VOS CONVIVES ET DE CONCOCTER UN MENU SPÉCIAL. IL EST DONC PRIMORDIAL DE BIEN CHOISIR SON TRAITEUR.

La recherche

Dans un premier temps, découvrez les spécificités alimentaires et l'univers des traiteurs sur Internet. En effet, chacun propose ses spécialités, plutôt viandes, plutôt poissons, etc. En fonction de vos goûts et de ce que vous imaginez comme repas de mariage, faites une présélection. De plus, Internet permet aux consommateurs de s'exprimer, n'hésitez pas à lire les commentaires laissés par les personnes ayant déjà travaillé avec ces traiteurs. Essayez d'identifier, parmi vos amis déjà mariés ou dans votre famille, les traiteurs choisis et s'ils ont été satisfaits de leur prestation. Vérifiez également l'emplacement géographique du traiteur par rapport à votre lieu: plus il en sera proche, moins vous aurez de frais de déplacement à payer. De plus, certains traiteurs se déplacent dans une zone géographique bien délimitée, vérifiez donc qu'il se déplacera bien jusqu'à votre lieu de réception.

Le rencontrer

Dans le but d'affiner votre sélection, rien de mieux qu'une rencontre lors d'un premier rendez-vous. La rencontre physique vous permettra de bien cerner votre traiteur et de pouvoir échanger librement avec lui. Questionnez-le sur sa façon de travailler: essayez de vérifier s'il travaille avec des produits de saison, c'est une preuve de qualité. Faites-lui part de vos envies et voyez s'il est capable de faire une proposition adaptée. Ainsi vous fixez ensemble les choses possibles et réalisables.

La dégustation

Une fois que vous avez choisi votre traiteur, la dernière étape est le repas de dégustation. Vous pourrez goûter différents plats sélectionnés préalablement. N'hésitez pas à exprimer vos ressentis sur le goût, la cuisson, les quantités, le visuel dans l'assiette. Vous avez le droit de dire tout ce que vous ressentez: plus vous en dites à votre traiteur, plus il peut s'adapter à votre demande et réaliser un menu qui vous satisfait au mieux!

3e rencontre

Idéalement, essayez d'organiser un troisième rendez-vous sur votre lieu de réception. Votre traiteur découvrira l'espace qui lui sera dédié lors de votre grand jour. Il prendra connaissance des équipements disponibles et pourra anticiper ses besoins. Ainsi, en ayant vu le lieu de réception, il sera à l'aise le jour J, et s'organisera plus facilement avec ses équipes. Le must serait de convier également votre fleuriste le même jour. Les deux prestataires pourront ainsi voir la dimension des tables et s'arranger pour harmoniser la décoration florale avec la verrerie et la vaisselle.

Enfin notre dernier conseil est de s'y prendre tôt : les traiteurs sont souvent réservés 1 an, voire 1 an et demi en avance ! En effet, les bons traiteurs ont de vrais agendas de ministres !

Les boissons

LA QUANTITÉ D'ALCOOL DÉPEND DU NOMBRE D'INVITÉS ET DE CE QU'ILS BOIVENT ! COMPTEZ ENTRE 5 ET 15 % DU BUDGET TOTAL DE VOTRE MARIAGE. DU COCKTAIL À LA PIÈCE MONTÉE, SANS OUBLIER LE DÎNER ET LA SOIRÉE OPEN BAR, CHAQUE ÉTAPE A SA RÉFÉRENCE.

Le cocktail

On privilégie souvent le champagne pour le cocktail, car il accompagne aussi bien les petits fours sucrés que salés. Vous pouvez aussi proposer un cocktail à base de champagne ou de crémant comme la soupe champenoise ou soupe de Touraine, très appréciée l'été...

Le dîner

Chaque mets a son vin... Du blanc pour les crustacées et les poissons et du vin rouge pour les viandes et le fromage. Sachez que l'on compte une bouteille de blanc pour 4 personnes (généralement en entrée) et une bouteille de rouge pour 3 personnes (pour le plat, s'il s'agit de viande, et le fromage). Il doit être choisi avec grand soin et servi dans les règles de l'art. En fonction de vos plats et de vos invités, choisissez des vins fruités, tanniques ou légers. Quels que soient vos choix, attention aux accords entre vins et aux mélanges! Il est préférable de commencer par servir du vin blanc, puis de passer à un vin rouge et de ne servir que les mêmes.

Le dessert

Nous proposons un champagne rosé, qui accompagnera parfaitement votre pièce montée.
Le tout servi dans de jolis verres, pour que le plaisir de l'œil complète celui des papilles.
Enfin, n'oubliez pas les personnes ne buvant pas d'alcool: au lieu du traditionnel jus d'orange, proposez-leur des cocktails sans alcool qui ne vous coûteront pas plus cher et qui seront nettement plus appréciés.
Et bien entendu pour tous, l'eau de source ou l'eau gazeuse, dans de jolies bouteilles!

Le champagne

Si vous voulez connaître le nombre de bouteilles à commander, il faut savoir quelle utilisation vous souhaitez en faire...

Sera-t-il servi au cocktail et au dessert? Juste au cocktail? Au dessert et en *open bar* pendant la soirée? Pour information, une bouteille donne environ 7 flûtes. Généralement, les mariés commandent une bouteille pour 2 personnes, représentant 3 coupes par personne (2 coupes au cocktail et 1 coupe au dessert). N'hésitez pas à commander des bouteilles en plus, pour ne pas manquer...

Pour apprécier un champagne à sa juste valeur, ne le servez ni trop chaud, ni trop frais (idéalement entre 6 et 10 °C pour un champagne brut sans année, et aux alentours de 12 °C pour une grande cuvée), et ne secouez pas la bouteille!

L'open bar

Préférez les cocktails pour la soirée dansante, plutôt que pendant le vin d'honneur, cela évitera des invités trop alcoolisés dès le début!

En ce qui concerne les cocktails, il s'agit de pouvoir plaire à tout le monde. Les grands classiques sont la vodka, le gin, le whisky et le rhum. Si vous avez un budget un peu plus conséquent, pensez aussi à la tequila ou au brandy. Envisagez de recruter un serveur pour faire les cocktails. Vous pourrez apporter vos propres bouteilles d'alcool fort, prévenez votre traiteur qui pourra ainsi vous fournir en softs pour accompagner ces alcools.

Certains diront que la bière, ce n'est pas chic! Mais vous pouvez louer de belles tireuses à bière et la bière est très souvent appréciée pour se désaltérer pendant la nuit et cela évite un trop fort taux d'alcool!

Voyez avec votre traiteur pour faire des snacks de nuit salés ou sucrés, comme des mini-burgers, mini-hot-dogs ou croque-monsieur, ce qui permettra à chacun de se restaurer dans la nuit pour absorber un peu l'alcool.

Vous connaissez peut-être des cavistes ou des producteurs locaux. Si vous organisez la soirée dans un restaurant, vous n'aurez sûrement pas la possibilité d'amener votre propre alcool. Parfois certains lieux ou traiteurs vous demanderont un droit de bouchon, prix supplémentaire par bouteille si les bouteilles sont amenées par vos soins. Faites les calculs, il arrive que le prix de la bouteille + le droit de bouchon reviennent moins cher!

Et pourquoi pas une grande bouteille effet waouh garanti ?

Les différents contenants possibles:

- La bouteille = 75 cl
- Magnum = 2 bouteilles/1,5 l
- Jéroboam = 4 bouteilles/3 l
- Réhoboam = 6 bouteilles/4,5 l
- Mathusalem = 8 bouteilles/6 l
- Salmanazar = 12 bouteilles/9 l
- Balthazar = 16 bouteilles/12 l
- Nabuchodonosor = 20 bouteilles / 15 l

Wedding cake

et pièce montée

LE MOMENT DU DESSERT EST UN INSTANT QUE VOUS NE DEVEZ PAS NÉGLIGER. NON SEULEMENT, IL EST LE TOP DÉPART DE VOTRE SOIRÉE ET DOIT ÊTRE IMAGINÉ COMME UN « SHOW », MAIS IL DOIT AUSSI CORRESPONDRE À VOS ENVIES, À VOS GOÛTS : VOUS N'AVEZ QUE L'EMBARRAS DU CHOIX DANS LA MULTITUDE DE POSSIBILITÉS.

Qui fera le dessert?

Voyez déjà en tout premier les propositions que peut vous faire votre traiteur. Il est peut-être en mesure de vous proposer la traditionnelle pièce montée en choux nougatine dont vous rêvez, ou encore différents gâteaux positionnés sur des plateaux à étages. Si vous souhaitez un dessert en particulier, tournez-vous vers un pâtissier ou un *cake designer*.

Attention, le prix de la part peut vite monter, entre 5 et 7 € pour un gâteau traditionnel, 9 à 12 € pour un *wedding cake*. Alors contrôlez bien votre budget et limitez éventuellement le nombre de parts. De toute façon, tout le monde ne prendra pas forcément de dessert! Alors pas de gâchis...

Quand vous avez trouvé votre dessert, parlez-en avec votre traiteur car c'est lui qui en fera le service, alors entendez-vous.

Le service

Vous avez le choix entre un service en buffet ou à table à l'assiette.

Quel que soit votre choix, il y a toujours «la présentation du dessert», après libre à vous de voir avec le traiteur: la présentation faite, il remporte le *wedding cake* en cuisine pour en faire des parts qui seront soit servies à table, soit déposées sur un buffet pour que chacun aille prendre une assiette. Une troisième solution s'offre à vous : si vous avez plusieurs gâteaux, c'est le service au choix pour vos invités, les parts étant coupées à la demande.

Quel dessert?

Si la pièce montée reste sans aucun doute le dessert par excellence du mariage, d'autres alternatives ont le vent en poupe.

Très en vogue aux États-Unis, le *wedding cake* est de plus en plus présent en France. Cette superposition de génoises recouverte de crème

au beurre ou de pâte à sucre permet de créer des gâteaux du plus simple au plus extravagant.

Le *naked cake* ou «gâteau nu» en français est une version plus simple du *wedding cake*. En forme de pyramide pour garder l'esprit du célèbre gâteau américain, le *naked cake* n'a pas de glaçage et cela lui donne un petit côté rustique et moins sophistiqué plus propice pour les mariages champêtres.

D'autres formes de pièces montées font également leur apparition, comme les pièces montées de macarons, de cupcakes ou de mini-éclairs. Vous pouvez aussi opter pour un buffet de desserts en proposant des mignardises individuelles pour le plus grand bonheur des gourmands et gourmandes!

L'arrivée du dessert

Bien entendu l'arrivée du dessert doit être festive... c'est le début de la fête, de la soirée et de la danse. Alors on met des scintillants sur le gâteau, on choisit une musique qui fera lever tout le monde et les mariés se positionnent derrière le gâteau.

Les mariés peuvent se faire remettre un couteau pour couper la première part ou faire semblant, parce qu'avec de la nougatine... puis servir le champagne en fontaine, c'est beau, mais attention cela demandera plus de champagne que prévu!

Que le traiteur serve le champagne, ou que vous laissiez les invités prendre un verre, la première coupette est pour les mariés, en amoureux, avec ou sans discours, c'est vous qui lancerez les hostilités!

L'arrivée du dessert : show must go on !

- Alors même si vous êtes plutôt réservés, et que vous n'aimez pas trop vous mettre en avant, faites un petit effort, choisissez une musique dynamique et allumez les scintillants.
- Cette arrivée du dessert doit mettre le feu, elle reste un incontournable qui mettra tout le monde dans l'ambiance pour la suite sur la piste de danse.

Et le lendemain

LES FUTURS MARIÉS ONT TENDANCE À TOUT MISER SUR LEUR JOUR J, MAIS N'OUBLIONS PAS QUE LE MARIAGE RESSEMBLE PLUS À UN WEEK-END PROLONGÉ QU'À UNE SEULE JOURNÉE DE BONHEUR. CETTE IDÉE VOUS PERMETTRA DE MIEUX PROFITER DE VOTRE TEMPS, ET D'ÉVITER LE WEDDING BLUES POST-MARIAGE. AINSI, IL EST IMPORTANT DE BIEN RÉFLÉCHIR AU LENDEMAIN DE VOTRE JOURNÉE DE MARIAGE, PLUS COMMUNÉMENT APPELÉ « LE RETOUR DE NOCE ».

Une tenue adaptée

N'oubliez pas que vous restez la «reine» de ces deux jours, il vous faut donc une tenue qui vous démarque. Bien que logiquement, les invités du retour de noce étaient là la veille donc ils savent que vous êtes l'heureux couple fraîchement marié. Ainsi, pas la peine d'en faire des tonnes, choisissez plutôt une tenue que vous aimez dans laquelle vous vous sentez belle et à l'aise. Il en est de même pour votre époux, oubliez le costard, mais misez plutôt sur une tenue élégante et confortable.

Un repas simple

Le jour de votre mariage, les excès ont été de la partie: les invités ont bien mangé, bien bu, et bien dansé. Aussi, pour le déjeuner du lendemain, l'idéal est d'éviter de solliciter vos invités fatigués, mais plutôt de profiter de plats légers. Le maître-mot est simplicité! Vous pouvez choisir de mettre en place un brunch sous forme de buffet, mélangeant produits sucrés et salés pour un aspect convivial et gourmand.

Une autre idée, également très en vogue, est de faire appel à un *food truck*, les camions cuisines. Il en existe de toutes sortes et pour tous les goûts: galettes bretonnes, hamburgers, cuisine asiatique, pizzas ou autres spécialités régionales. Le concept a déjà séduit de nombreux mariés, car la logistique est assez simple: il suffit de déterminer en amont deux ou trois recettes avec les chefs cuistots, de prévoir la place nécessaire pour le camion et c'est tout! Les invités apprécient l'aspect ludique du camion et peuvent voir sous leurs yeux amusés la préparation de leur plat...

Autre solution: vous pouvez en discuter avec votre traiteur, voir ce qu'il propose et à quel prix. Généralement, ils peuvent mettre à votre disposition un buffet froid composé de salades, de charcuterie et de fromage. Là encore, il s'agit d'être simple. L'idée est de partager un moment chaleureux autour d'un déjeuner avant de se dire au revoir.

Un moment de convivialité

» Le retour est un moment de détente partagé, où on se repose tous ensemble après avoir fait la fête jusqu'à pas d'heure. On discute tranquillement assis dans l'herbe, on se prélasse au soleil, l'instant est léger, en dehors du temps. On peut prévoir quelques activités simples comme un tournoi de pétanque, de Mölkky, ou des jeux de société géants. Pour petits et grands, succès garanti!

Le photographe

LE CHOIX D'UN PHOTOGRAPHE POUR SON MARIAGE EST ESSENTIEL ! NOTRE PREMIER CONSEIL : PRENEZ UN PHOTOGRAPHE PROFESSIONNEL, ET OUI LES AMIS C'EST BIEN, MAIS ILS ONT AUSSI LE DROIT DE PROFITER DE LA FÊTE ET NE SAURONT PAS COMME UN VRAI PRO CAPTER LES MEILLEURS CLICHÉS.

C'est lui, et lui seul qui se chargera d'immortaliser ce bel événement dont vous pourrez vous remémorer chaque instant en regardant les photos. Voici quelques conseils et astuces pour vous aider dans la recherche du photographe de votre mariage.

Faire une présélection

Faites une liste des photographes professionnels, ou faites marcher vos connaissances pour dénicher les bons contacts! Sélectionnez plusieurs photographes dont le style vous inspire et correspond à vos goûts. Au minimum 3, vous allez comprendre après pourquoi!

Prenez également en compte le facteur géographique. En effet, si un photographe parisien vous a tapé dans l'œil mais que votre mariage a lieu dans le sud de la France, il faudra prévoir les frais de déplacement et éventuellement d'hébergement.

Choisir THE photographe

Vous avez eu un coup de cœur pour un photographe? N'hésitez pas à consulter son site Internet ou ses réseaux sociaux sur lesquels vous pouvez certainement trouver bon nombre d'exemples de travaux réalisés ainsi que des avis des précédents mariés. Il est important pour vous de juger son style et de la qualité des clichés sur plusieurs moments de la journée de mariage.

Est-il disponible?

La première question qu'il faut poser au photographe est bien entendu sa disponibilité le jour J. Tout comme la plupart des prestataires et l'organisation de votre mariage plus globalement, le secret est de s'y prendre assez tôt. Effectivement et durant la haute saison des mariages (entre mai et septembre), les photographes sont pas mal sollicités, alors ne tardez pas à contacter celui qui vous plaît!

Dans le cas, où le photographe que vous souhaitiez n'est pas disponible, pas de panique ! Il est toujours temps de ressortir votre petite liste de sélection de photographes établie en amont et d'en contacter un autre.

Avez-vous établi une relation de confiance?

Vous sentez-vous à l'aise avec votre photographe? Dans vos premiers échanges, qu'ils soient par Skype, Whatsapp ou en rendez-vous physique, il est important d'établir une relation de confiance avec lui. Assurez-vous qu'il saura être professionnel et discret, tout en restant agréable et de bonne humeur pour capturer ces moments de joie et d'émotion.

Parlons tarifs

Les photographes n'ont pas tous la même façon de procéder à ce sujet. Certains établissent des forfaits selon les moments-clés de la journée, quand d'autres fonctionnent à l'heure.

Assurez-vous simplement que le coût total comprend bien tout ce que vous attendez de votre photographe. Vous souhaitez peut-être dans le reportage de votre jour J, des photos de groupe, des photos noir et blanc, un lieu spécifique pour telle ou telle prise de vue…

Ensuite les tarifs peuvent varier selon les options proposées: *photobooth* ou photomaton, séance d'engagement, *day after*, album…

Établir le contrat

Vous devez retrouver sur le contrat les horaires du photographe où il mentionnera les moments durant lesquels il prendra des photos (préparatifs, cérémonie, cocktail, dîner, soirée…).

Assurez-vous des indications concernant les modalités de livraison, c'est-à-dire le nombre de photos (retouchées ou non) qu'il vous transmettra, via une clé USB, un album ou mise à disposition sous une galerie privée en ligne. Il est toujours bien d'avoir le délai de livraison sur le contrat, bien qu'en saison ceux-ci sont forcément plus longs.

Enfin, il vous indiquera ses frais de déplacement, d'hébergement et surtout le coût des heures supplémentaires (mais il vous demandera toujours le jour J, si vous souhaitez qu'il reste plus tard ou pas).

Le vidéaste

CERTAINS MARIÉS N'ONT PARFOIS MÊME PAS PENSÉ À UN VIDÉASTE ! CERTES C'EST UN BUDGET, MAIS DITES-VOUS QUE VOUS AUREZ DES SOUVENIRS SUPPLÉMENTAIRES ET DIFFÉRENTS DES PHOTOS DE CETTE JOURNÉE UNIQUE. LE VIDÉASTE SAURA FAIRE UN MONTAGE INCROYABLE DES MEILLEURS INSTANTS DE CE JOUR, IL SAURA EN FAIRE UN MELTING-POT DES ÉMOTIONS EN RACONTANT L'HISTOIRE DE VOTRE JOUR J.

La vidéo ne remplace pas les photos et vous devrez donc choisir un vidéaste unique, c'est-à-dire un prestataire à part entière. En effet, impossible d'imaginer un seul et même prestataire photographe-vidéaste, car même s'il sait le faire, il ne saurait capter les émotions au même moment.

Bien entendu, vous pouvez choisir de filmer «en fixe» l'intégralité de votre cérémonie, mais ceci est plutôt une prestation complémentaire, optez pour des films de 20-30 minutes, sur une ou des musiques que vous affectionnez particulièrement.

Vous pouvez aussi choisir des films courts, un peu comme un clip, 6-7 minutes, ce sera un joli souvenir mais pas forcément représentatif de votre histoire.

Le coût d'un vidéaste

Oui, une prestation film de votre mariage vous coûtera plus chère qu'un photographe, mais les traitements après le mariage sont plus longs et compliqués, même si celui-ci fait l'équivalent des retouches photos, il fait aussi les montages. Et votre film de mariage n'est pas juste des images collées les unes après les autres sur un fond musical, loin de là, c'est votre film, votre mariage et votre histoire et c'est cela que le vidéaste va retranscrire.

Quelques autres possibilités

Vous pouvez voir avec votre vidéaste pour prévoir des séances pendant vos préparatifs. Ambiance *making-of* que vous pourriez montrer à vos invités en animation de soirée, ou bien séquences qui pourraient être mises en complément de votre film du jour.

Les plans drone sont de plus en plus utilisés. Voyez si le vidéaste est en mesure de vous proposer ceci et s'il a les compétences pour utiliser un drone pour certaines scènes.

Enfin vous pouvez aussi créer une animation «confessionnal». Votre vidéaste se mettant en fixe dans un endroit défini, les invités, seuls ou en groupe viennent vous laisser un message, une chanson, une danse... Fous rires et émotions garantis au visionnage plus tard.

Comment le choisir

Visionnez évidemment les films de mariage, qu'ils auront laissés sur leurs sites. Si ce n'est pas le cas, vous pouvez leur demander de vous en fournir.

Vous devez trouver un style de film qui vous convient. Une fois votre sélection faite, rencontrez le vidéaste et voyez quelle est sa sensibilité, sa compréhension de votre histoire, comment est-il capable de retranscrire votre aventure...

LES PRESTATAIRES

Le DJ

LE DJ DE VOTRE MARIAGE SERA MAÎTRE DE L'AMBIANCE. IL EST DONC PRIMORDIAL DE BIEN LE CHOISIR ET DE CHOISIR QUELQU'UN SUR LA MÊME LONGUEUR D'ONDE QUE VOUS ! VOICI QUELQUES CONSEILS POUR BIEN SÉLECTIONNER SON DJ.

S'y prendre en avance

Les bons DJ ont souvent une bonne réputation et sont donc réservés plusieurs mois à l'avance. L'idéal est de vous y prendre le plus tôt possible. Vous aurez ainsi plus de choix parmi les meilleurs professionnels. Prenez le temps d'écouter les conseils de vos amis déjà mariés, ils pourront vous donner leur avis sur leur DJ de mariage.

Les rencontrer

Organisez un premier rendez-vous physique. Se rencontrer permet d'éviter les mauvaises surprises et de bien cerner la personnalité de son interlocuteur. Or pour le choix du DJ, mieux vaut s'assurer que sa personnalité colle avec l'esprit de votre mariage. De plus il sera plus simple pour vous d'échanger sur vos envies par oral. Vous pouvez également en rencontrer plusieurs pour vous conforter dans vos choix.

Déterminer son rôle

Il est important de fixer avec le DJ le rôle que vous souhaitez qu'il ait lors de votre grand jour. Il peut intervenir au micro pour animer les festivités du cocktail au dîner. Il peut être l'animateur des jeux. Si vous ne raffolez pas des DJ bavards, rassurez-vous, certains s'occupent seulement de gérer la musique et le matériel. Ils donnent le micro à vos invités qui souhaitent intervenir, mais n'endossent pas le rôle de l'animateur de soirée. À vous de voir l'ambiance que vous souhaitez pour votre mariage. Définissez bien cela avec votre DJ lors de votre rencontre.

Lui partager vos goûts et vos envies

Vous êtes libres de partager vos goûts musicaux avec le DJ, il n'est pas là pour les juger mais pour faire quelque chose qui vous ressemble. Si vous vous amusez, vos invités s'amuseront. Le plus important est de vous mettre à l'aise, et de créer une ambiance qui vous corresponde. Ainsi il est primordial d'assumer ses goûts musicaux et de recommander certains morceaux dont vous ne pourrez vous passer pour vous amuser.

Essayez tout de même de penser un peu à vos invités et de proposer des styles musicaux appréciés par vos amis et votre famille! Vous devez sûrement avoir l'habitude de danser avec eux et vous devez connaître les chansons qui garantissent leur déhanchement.

Le DJ assurera les transitions entre les différents thèmes musicaux et vous proposera sûrement des morceaux que vous avez oubliés, mais qui font partie de vos goûts décrits.

Comment choisir ?

Si vous hésitez entre deux ou trois très bons DJ, prêtez attention aux matériels qu'ils utilisent. Les équipements peuvent en effet être déterminants pour diffuser la bonne ambiance dans votre lieu. Grâce à son matériel de professionnel, le DJ doit pouvoir assurer une prestation, peu importe l'état sonore de l'espace. Le DJ peut également proposer la mise en lumière intérieure et/ou extérieure de vos espaces. C'est un plus, cela signifie souvent que son matériel est de qualité.

La musique l'ambiance *et les* temps forts

LE CHOIX DES MUSIQUES DE VOTRE JOUR J EST IMPORTANT. EN EFFET, LE FOND SONORE QUE VOUS CHOISIREZ DONNERA LE TON DES DIFFÉRENTS MOMENTS-CLÉS DE L'ÉVÉNEMENT ET CONTRIBUERA À METTRE UNE BONNE AMBIANCE !

La cérémonie

- Qu'il s'agisse d'une cérémonie religieuse ou laïque, l'entrée des mariés est toujours un moment particulièrement solennel et émouvant. Le fond sonore que vous choisirez sera déterminant!
- Le plus souvent, à l'entrée des mariés, alors que le silence se fait, on préférera une musique plutôt lente, douce et romantique qui apportera à coup sûr davantage d'émotion à cet instant magique.
- À l'église, et selon vos goûts, vous pouvez par exemple très bien opter pour un groupe de gospel qui chantera un *Amazing Grace* alors que la mariée remonte l'allée.
- Choisissez également une musique pour votre sortie. Celle-ci peut être un peu plus dynamique et joyeuse, c'est-à-dire moins solennelle, afin de transmettre la joie de cette union nouvelle.

Le cocktail

- Le cocktail est ce moment qui marque le début de votre réception de mariage. Il faut que vos invités se sentent à l'aise et puissent entamer les discussions, faire connaissance avec les autres.
- De plus en plus de mariés optent pour des orchestres de jazz pour une ambiance conviviale!
- Quoi qu'il en soit, préférez une musique pas trop forte, ce cocktail doit être un moment de partage avec vos invités.

Tendance

- Le bar à vinyles. Certains DJ proposent cette belle animation: vos invités farfouillent dans des bacs remplis de disques 33T ou 45T et choisissent le titre à passer. Un vrai moment de partage avec vos invités. Et vous verrez, ils ne manqueront pas de prendre le selfie avec la pochette de leur idole. Une animation musicale originale et conviviale qui sera vraiment appréciée pendant le cocktail par exemple.

La réception

L'entrée dans la salle de réception

- Souvent, les mariés choisissent aussi une musique pour leur entrée dans la salle de réception. Ce moment annonce la soirée festive qui suivra, alors misez sur une musique qui stimulera tout le monde en ce jour mémorable.

Le dîner

- Pour le dîner, optez simplement pour un fond sonore de type lounge qui permettra à tout le monde de discuter avec son voisin de table sans avoir à crier!
- En fin de repas, lors de l'entrée de votre gâteau de mariage ou de la cascade de champagne, pensez à une musique bien rythmée que vous appréciez. Effectivement, la musique permet aussi de patienter (sans être dans un silence un peu incommodant) le temps que les bougies ou les scintillants ne s'éteignent ou bien que le gâteau ne soit coupé... Mais surtout, il s'agit du moment-clé du repas que les convives attendent avec impatience!

La soirée

- L'ouverture du bal est l'un des temps forts de la journée de noces. Afin de mettre tous vos convives dans l'ambiance, choisissez une musique dynamique, ou au contraire débutez par une valse avec votre moitié avant de passer à quelque chose de plus rythmé. Si vous avez choisi un thème particulier pour votre mariage, vous pouvez sélectionner votre musique en fonction de celui-ci. Par exemple, si vos origines constituent la thématique, vous pouvez inclure quelques musiques traditionnelles ou des airs chantés dans cette langue étrangère!
- L'ouverture de bal est l'un des temps forts de votre grand jour. Elle marque votre vie de couple pour toujours, car il s'agit de votre première danse officielle en tant qu'époux.
- Elle permet aux invités d'assister à un moment de complicité et d'intimité. Cette danse donne également le rythme pour la suite des festivités. Alors surtout, préparez cet instant symbolique! Si vous ne savez pas vraiment danser, pas la peine de vous mettre la pression!

La soirée

(SUITE)

La bonne musique

- Pour certains couples, choisir la musique d'ouverture de bal est une évidence. En effet, ils ont LEUR chanson qu'ils partagent depuis le début de leur histoire et qui est significative pour eux. Il paraît alors évident de choisir cette chanson pour symboliser leur histoire. Si cela n'est pas votre cas, ou si votre musique de couple ne correspond pas à vos envies de danse pour ouvrir le bal, prenez un petit temps pour réfléchir, écouter des musiques, et discuter.
- Faites, chacun, une liste de cinq de vos titres préférés et créez ainsi une playlist. Ensuite réservez-vous une soirée en amoureux autour d'un bon repas avec votre playlist comme fond musical.
- N'hésitez pas à danser tous les deux, et à vous laisser emporter par la musique! C'est une façon d'allier l'utile à l'agréable: vous passerez une belle soirée à deux, tout en sélectionnant la musique de votre ouverture de bal!
- Le plus important est de prendre une musique qui vous parle à tous les deux. Si vous avez du mal à vous mettre d'accord, pensez que cette musique doit également lancer la soirée, vous pouvez donc choisir une musique connue qui donnera l'envie de danser à vos invités.

La bonne choré

- L'ouverture de bal n'a pas besoin de ressembler à un ballet de l'opéra Garnier. Pour la réussir, l'astuce est de préparer quelque chose qui vous ressemble. Si votre couple a l'habitude de danser du rock, la valse, ou des pas non identifiables, c'est très bien. Mettez à l'œuvre vos compétences et imaginez une chorégraphie adaptée à votre niveau. Si vous rencontrez des difficultés et que vous avez vraiment envie d'être originaux, contactez un professeur de danse. Il sera un très bon accompagnateur et vous mettra en confiance. Cependant ne vous mettez pas en difficulté à essayer de faire des choses trop compliquées. Pensez authenticité et simplicité!
- Dernier conseil: n'oubliez pas de bien choisir vos chaussures, il faut que vous soyez à l'aise pour bien danser.

Moment d'amusement et de partage

- L'idée principale de ce moment est quand même de vous amuser, alors suivez vos envies et faites ce qui vous plaît! Vos invités ne seront pas là pour vous juger, rassurez-vous. Pas la peine de vous mettre la pression, tout se passera bien, vous êtes avec vos proches: les gens les plus bienveillants envers vous! Alors lâchez-vous, rigolez, profitez de ce moment unique avec votre mari/femme, partagé avec vos invités.

Focus sur une animation

PLACE DÉSORMAIS AUX ACTIVITÉS FUN POUR METTRE DE L'AMBIANCE À VOTRE MARIAGE, ET RENDRE CETTE JOURNÉE UNIQUE ET INOUBLIABLE !

Connaissez-vous l'animation bar? Il s'agit de deux ou plusieurs barmans présents tout au long de votre soirée, ou dès le cocktail si vous le souhaitez. Leur rôle est de préparer des cocktails de folie et certains proposent des animations spectaculaires. Voici les avantages de cette animation.

Jonglage

Surprenez vos convives en pimentant le service de vos cocktails. L'animation jonglage peut être très impressionnante. Également appelé *flair*, le jonglage est un art qui fait voler tout ce qui passe sous la main des *bartender*: shaker, bouteille, ingrédients, etc. Vous assisterez à un réel show et vos invités en seront ravis.

Enflammez votre bar

Les barmans sont devenus de vrais artistes et assurent une animation dynamique, ludique et incroyable. Certains savent jongler avec des bouteilles enflammées ou sont de véritables cracheurs de feu !

Cocktail moléculaire

Le choix de cocktails moléculaires avec de la glace carbonique vous garantit une ambiance unique et une décoration fantaisiste. Vos invités seront directement plongés dans une atmosphère incroyable. Le rendu visuel est juste merveilleux!

Délicieux cocktails

Siroter un cocktail frais et goûteux est si agréable, cela donne l'impression d'être en vacances. Ajoutez cette légèreté à votre fête de mariage, grâce à l'animation bar! Choisissez au préalable plusieurs recettes de cocktails parmi les classiques (mojito, margarita) et parmi les inventions de votre barman. Vous pouvez également proposer l'invention d'un nouveau cocktail spécial pour votre mariage. Transmettez vos goûts au barman ainsi que les ingrédients que vous souhaitez. Grâce à son savoir-faire, il vous crée un cocktail unique personnalisé.

En plus de ces prestations qui animeront à merveille votre soirée, choisir de faire appel à un barman a d'autres avantages logistiques.

- Le service de votre soirée est assuré par les barmans professionnels, vous n'avez donc pas à désigner des amis pour servir des convives durant la soirée: tout le monde peut s'amuser de la même façon!
- Les barmans se déplacent avec tout le matériel et l'équipement nécessaires en ingrédients et en verrerie, vous n'avez donc rien à prévoir, excepté un espace pour leur installation.
- Ils peuvent également vous proposer plusieurs options de bar: des bars en bambou, des bars lumineux, à vous de choisir ce qui vous convient!

Quelles animations

POUR APPORTER DU PEPS À VOTRE MARIAGE, PENSEZ À ANIMER VOTRE SOIRÉE ! VOUS AUREZ LE CHOIX ENTRE DES ANIMATIONS CLASSIQUES (MAIS QUI MARCHENT TOUJOURS AUTANT !) OU VOUS POUVEZ MISER SUR DE L'ORIGINALITÉ.

Cependant, il peut s'avérer parfois difficile de se décider. L'objectif est de réussir à créer une certaine cohésion et de satisfaire le plus grand nombre de vos invités qu'ils soient de votre famille ou de celle de votre conjoint(e), des amis d'enfance ou des collègues, adultes ou enfants... Voici quelques conseils et idées pour vous guider dans vos recherches et pour faire, à coup sûr, un carton lors de cette soirée!

Quelles animations et quel meilleur moment pour les lancer?

Vous pouvez organiser une ou deux animations durant le cocktail, dans l'idéal qui n'exigent pas la participation des invités. En effet, le cocktail est un moment convivial durant lequel les convives découvrent les lieux,vont saluer les mariés, des amis ou des vieilles connaissances. Vous pouvez par exemple prévoir l'intervention d'un magicien ou des serveurs comiques. Vous pouvez aussi prévoir avec votre traiteur des buffets avec animations culinaires, comme la découpe du saumon fumé ou du foie gras.

Vos animations peuvent aussi se dérouler juste avant le dîner. Il se peut que certains invités soient assis à côté de personnes qu'ils ne connaissent pas, alors quoi de mieux qu'un jeu pour apprendre à se connaître et rire ensemble? Il est bien connu que le rire est idéal pour créer des liens!

Vous avez donc une multitude de possibilités: le jeu du «I see» qui consiste à prendre des photos grâce à un appareil jetable en suivant une liste d'éléments donnés, et puis bien entendu les indémodables *quizz* et *blind test*. Vous pouvez aussi demander à chaque invité de dessiner son voisin de droite en laissant une feuille sous chaque assiette. Quand vous verrez les chefs-d'œuvre de chacun après votre mariage, vous serez surpris et amusés des résultats.

Vous pouvez également prévoir des animations entre les plats, c'est-à-dire durant les temps morts (lorsque le service débarrasse par exemple), ce qui permettra de maintenir l'ambiance festive!

Une tendance qui dure consiste à installer un *photobooth*, un espace où les invités défilent et se rendent durant la soirée pour se prendre en photo de façon extravagante. Quelques exemples: un minibus décoré de façon vintage ou hippie, un espace fleuri et accessoirisé de façon champêtre, des accessoires types comme la moustache, le cadre ou les lunettes fantaisie, un décor avec un bateau dans lequel les invités s'installent pour poser...

Dans le même esprit, le concept de *videocall* occasionnera des fous rires et de l'émotion. Cette activité peut très bien remplacer le livre d'or habituel. Chaque proche et ami pourra ainsi vous laisser un message personnalisé que vous découvrirez quelques jours après cette soirée de mariage inoubliable.

Éclats de rire et bonne ambiance également si vous faites intervenir des professionnels du spectacle comique (sketchs, improvisations) ou bien même en chanson avec l'interprétation d'un morceau personnalisé pour l'événement (encore mieux s'il s'agit d'un proche aux talents de chanteur, ou non… !).

Si vous disposez d'un extérieur sur votre lieu de réception ou si tout simplement votre célébration se fait en extérieur, une autre idée originale est d'organiser une animation de type chasse au trésor ou fête rétro avec plusieurs activités via des jeux en bois. Laissez libre cours à votre imagination, les idées ne manquent pas! Et pourquoi pas un *escape game* personnalisé.

Enfin, une fois la nuit tombée, vous aurez l'occasion d'émerveiller vos invités avec un lancer de lanternes ou un magnifique feu d'artifice.

Souvenirs de mariage

CETTE JOURNÉE SI SPÉCIALE PASSE À UNE VITESSE FOLLE : LES ÉVÉNEMENTS S'ENCHAÎNENT RAPIDEMENT, LE TEMPS DE DISCUTER UN PEU AVEC VOS INVITÉS, DE PASSER À TABLE, DE S'ÉCLATER SUR LA PISTE DE DANSE ET LA JOURNÉE EST DÉJÀ FINIE !

Comment combattre ce temps qui nous joue des tours? Faites durer votre mariage dans le temps à travers les souvenirs: les photos, le livre d'or, les cadeaux des invités.

Animations photos

Depuis quelques années, les animations photos sont le truc en plus pour les mariages. Les futurs mariés louent un *photobooth*, les invités se prennent de façon autonome en photo. Des déguisements et accessoires sont mis à leur disposition pour pimenter la prise de vue. Le *photobooth* imprime les photos directement, on peut choisir plusieurs exemplaires et s'envoyer la photo par mail. Les invités se prêtent volontiers au jeu. Généralement, ils adorent ce concept et cette animation rencontre presque systématiquement un franc succès. Les mariés reçoivent par mail toutes les images prises par leurs invités, ils auront ainsi la possibilité de créer un livre photo. Ces images sont également un beau cadeau-souvenir à offrir à vos invités. Un moment d'amusement, pour de belles photos souvenirs.

Livre d'or

Il vous permettra d'avoir un petit mot doux de chacun de vos invités. C'est un très bon moyen pour vous remémorer les personnes présentes à votre mariage et l'ambiance de ce grand jour. Disposez-le dans un endroit voyant, à l'abri des cocktails et des boissons. Mettez-en évidence un ou plusieurs stylos. Laissez-le en place toute la journée jusqu'à la fin de la soirée, afin de donner le temps à vos invités d'y inscrire un petit mot. C'est avec un grand plaisir que vous découvrirez toutes ces petites intentions, les jours suivant votre mariage. Soyez originaux dans le support de votre livre d'or: vous pouvez utiliser un tableau, une planche de surf, un parapluie... Tout objet qui vous correspond et sur lequel il est possible d'écrire fera un bon support! Vous pouvez aussi combiner *photobooth* et livre d'or en demandant aux invités de coller la photo qu'ils ont prise dans le livre d'or en l'accompagnant d'un message à côté.

Cadeaux invités et goodies

Les invités aussi veulent se rappeler de votre mariage. Pour les remercier de leur présence, et leur offrir un souvenir, pensez à leur faire un cadeau. Cette petite intention leur fera extrêmement plaisir.

Il s'agit de trouver un objet qui vous ressemble. Si vous êtes un couple gourmet, un pot de confiture gravé à vos initiales ou des macarons feront l'affaire. Sinon vous pouvez opter pour à peu près tout: du savon, des pin's, des bougies, des plantes, etc.

Tout est possible en fonction de votre budget. Vous pouvez également transmettre des *goodies* à vos invités comme des chaussures plates pour pouvoir soulager leurs pieds et danser, des lunettes de soleil ou des chapeaux pour se protéger du soleil. Ces *goodies* seront aussi des bons souvenirs de votre mariage.

Et pour les enfants ?

ON SOUHAITE QUE PETITS ET GRANDS SE SOUVIENNENT DE CE JOUR SI EXCEPTIONNEL.

Il est très important de prévoir des animations pour les plus jeunes afin qu'ils puissent s'amuser mais également pour que les parents puissent profiter de cette journée autant que leurs enfants.

Créez un espace rien que pour les petits afin de les valoriser et de leur faire comprendre que, oui, vous avez pensé à eux! Privatisez une pièce dans le lieu de réception afin qu'ils puissent s'amuser. En revanche, si la soirée est en extérieur, créez-leur un coin cosy bien à eux, comme par exemple un tipi à quelques pas du lieu de réception.

Bien évidemment, prévoyez les incontournables. Des crayons et du papier sont toujours appréciés par les enfants, pourquoi ne pas leur donner un thème sur lequel dessiner? Le mariage par exemple ou encore sur la thématique de votre belle journée. Des jeux de société également peuvent apporter une bonne ambiance, des livres et jeux de constructions…

- Créez une mini-pêche à la ligne, cette animation originale et hors du commun lors de mariage fera plaisir aux enfants de tout âge. Cette animation est facilement réalisable soi-même. Créez des lots à gagner pour les enfants, cela favorisera leur motivation.
- Un poster souvenir, eh oui, c'est la grande tendance. Le principe est très simple, faites dessiner les enfants sur une grande toile avec des crayons, de la peinture (lavable à l'eau). Ils seront contents de participer à un projet commun pour célébrer ce jour si particulier.
- La piñata remplie de bonbons et de surprises est une activité-phare pour les enfants et d'autant plus appréciée lors de mariages. Elle peut s'organiser facilement. Si vous n'avez pas le temps, faites appel à un prestataire spécialisé. Pourquoi ne pas aller plus loin en organisant une chasse au trésor et intégrer la piñata à la dernière étape?
- Pour plus de confort, nous vous conseillons de prévoir des baby-sitters ou des animateurs afin que les enfants soient encadrés et ne soient surtout jamais seuls. Cela vous rassura d'autant plus s'ils sont avec un professionnel!

À VOUS DE JOUER POUR FAIRE EN SORTE QUE LES ENFANTS SE RAPPELLENT DE CETTE JOURNÉE SI EXCEPTIONNELLE AUTANT QUE LEURS PARENTS !

ORGANISER MON MARIAGE

DÉCO & CO

Trouver *l'inspiration*

PAS FACILE DE S'Y RETROUVER, ET VOUS ALLEZ PASSER DES HEURES SUR LE NET AFIN DE DÉNICHER L'IDÉE LUMINEUSE POUR LA DÉCORATION DE VOTRE MARIAGE.

Tout d'abord et avant même de parler mariage, concentrez-vous avec votre conjoint sur les couleurs, les matières, les tissus et le style que vous aimez. Faites donc vos recherches de style dans un autre univers que le mariage, pensez décoration intérieure par exemple. Regardez aussi ce qui vous parle autour de vous, dans la forêt, dans une usine désaffectée, quels sont les tableaux, les sculptures qui amènent à la réflexion: moderne ou ancien, couleurs vives ou pastel, forêt, montagne, mer… tout est vous, tout ça vous apportera le point de départ de votre inspiration.

Commencez par Pinterest bien sûr, mais ne partez pas sur un thème en cherchant simplement «mariage blanc boho-chic». Élargissez vos recherches avec uniquement une couleur, un meuble, un tableau, une histoire. «Balades en vélo au bord de l'eau». Bref, créez un tableau avec des éléments forts, qui représentent vos goûts. Partagez ensuite ce tableau avec vos prestataires, ils sauront vous donner de belles idées, votre traiteur saura vous proposer des nappes de couleurs, votre fleuriste des contenants originaux, vos amis des objets réutilisables… Des caisses, un vélo, une charrette si vous voulez un mariage champêtre, etc.

Exemple de moodboard

Pensez à faire vos recherches en anglais aussi. Cela vous permettra de trouver des choses différentes. Attention, certaines images sont retouchées ou montées pour le shooting, alors ne demandez pas l'impossible. On a déjà vu passer des bouquets avec des mélanges floraux improbables! La réussite de la déco de votre mariage n'a de limite que vos idées (et bien entendu le budget), ne faites pas de copier-coller.

Après Pinterest ou Instagram, il y a aussi les magazines, et pas seulement ceux de mariage, amusez-vous, si vous êtes un peu créatifs, à faire votre tableau d'inspiration en faisant des découpages-collages sur une grande feuille A3. Pensez sur vos tableaux, *moodboard* ou planches d'inspiration, à apposer aussi des mots, une phrase qui vous représente.

Alors que vous alliez dans les salons du mariage, sur la toile, dans les blogs, que vous achetiez toutes les séries spéciales déco de la presse, ou les magazines de mariage, rappelez-vous surtout d'une chose: c'est VOTRE mariage, il doit vous représenter, les plus belles choses sont souvent les plus simples!

Ne croyez pas que faire une planche d'inspiration est une perte de temps, bien au contraire. Elle vous permettra clairement de trouver la ligne directrice de votre mariage, vérifier la cohérence et vous permettra toutes les déclinaisons et les détails en harmonie par la suite.

Les fleurs

LES FLEURS SONT DES ÉLÉMENTS ESSENTIELS DE LA DÉCORATION DE VOTRE MARIAGE. ELLES APPORTENT FRAÎCHEUR, ÉLÉGANCE, GAIETÉ ET RAFFINEMENT DANS VOTRE SALLE DE RÉCEPTION. PARTOUT, POUR VOTRE CÉRÉMONIE, DANS LE BOUQUET DE MARIÉE, SUR LA BOUTONNIÈRE DU MARIÉ, SUR VOS TABLES, ELLES SERONT PRÉSENTES ET EN HARMONIE.

En fonction de la saison, le choix des fleurs sera différent. Pour celles qui adorent les pivoines et ne veulent que ça à leur mariage alors qu'elles se marient en septembre, oubliez!

Faites confiance à votre fleuriste, il saura parfaitement retranscrire vos couleurs et surtout les fleurs que vous aimez tant en fonction de la saison, trouver les bons arrangements pour un rendu comme vous le souhaitez, adapter les contenants et vous faire de belles propositions.

Définissez votre budget

Avant de rencontrer votre fleuriste, fixez le budget que vous souhaitez consacrer à la décoration florale. Le fleuriste professionnel vous proposera des idées en fonction de votre budget. Certaines fleurs sont très chères et le fleuriste saura vous faire de belles propositions alternatives avec tout autant d'effets.

Réservez votre fleuriste suffisamment tôt

Si vous voulez tel ou tel fleuriste de votre connaissance, réservez-le plusieurs mois à l'avance surtout si vous vous mariez un samedi, mais aussi si vous choisissez une date importante pour eux (la Saint-Valentin ou la fête des mères par exemple).

Vérifiez avec votre lieu

Du lieu pourra dépendre la décoration florale. De plus, ce dernier pourra vous recommander des fleuristes avec lesquels il travaille et qui connaissent bien l'endroit. Enfin, sachez que certains propriétaires refusent certaines choses comme des lâchers de pétales de roses.

Pensez aux basiques

Quelle que soit la taille de votre mariage (plusieurs centaines de convives ou en toute intimité), prenez un soin particulier pour le bouquet de mariée, la boutonnière s'il y a, les fleurs pour les demoiselles d'honneur et les fleurs des tables.

Sans oublier les extras...

Par exemple la décoration florale de l'église (bouquets de bancs, autel...), plus quelques compositions pour votre lieu de réception.

Suivez votre thème

Tout d'abord sur les couleurs que vous avez retenues pour votre mariage mais aussi sur le style général de celui-ci (sophistiqué, champêtre...).

Attention fragile

Certaines variétés sont plus fragiles que d'autres (tulipes, pavots...) et supportent très mal la chaleur. Pensez-y si vous vous mariez dans une salle très ensoleillée. Pour toutes vos fleurs, pensez à un endroit où les préserver avant de les disposer sur les tables (idéalement un emplacement un peu sombre où il fait frais).

Quelles fleurs pour quelle saison

Les fleurs printanières

- Quoi de mieux que cette saison de floraison pour choisir des fleurs aussi diverses que belles pour votre décoration. Étant quasiment toutes disponibles, vous aurez l'embarras du choix. Voici une liste de quelques fleurs à privilégier dans vos bouquets:
- pivoine, tulipe, lysianthus, rose Piaget, muguet, lilas, germini, jacinthe, hortensia, iris, astilbe, cerisier, craspédia, jonquille, giroflée, pied-d'alouette, cynara, campanule, aster, forsythia, immortelle, globulaire, muscari, œillet vert, pois de senteur, renoncule et zinnia... Et pourquoi pas le blé, ou encore quelques tiges de brunia.

Les fleurs d'automne

- Comme le monde est bien fait! car même lorsque l'automne arrive, de nouvelles fleurs font leur apparition, et certaines fleurs estivales résistent encore permettant ainsi un joli mélange. Se marier en automne, à la saison où tombent les feuilles, promet un charme fou et de jolies couleurs. Voici les fleurs spécifiques à l'automne:
- anémone, calla, amaryllis, nérine, wax, camélia. Et les fleurs que vous pourrez encore trouver sont nombreuses : agapanthe, campanule, cosmos, gypsophile, hortensia, trachélium, tulipe et zinnia...

Les fleurs estivales

- L'été est, bien sûr, aussi une magnifique saison pour toutes les fleurs. Égaillez votre décoration avec les fleurs suivantes:
- agapanthe, freesia, cosmos, trachelium, scabieuse, craspedia, gypsophile, daucus, lavande, reine anne, dahlia. Pour une touche solaire, et si le thème couleur vous le permet, n'hésitez pas à orner votre mariage de tournesols.
- D'autre part, vous trouverez aussi en association, toutes les fleurs printanières:
- rose bien sûr, pivoine, hortensia de toutes couleurs, immortelle, muscari, campanule, iris, œillet, jacinthe, zinnia et pied-d'alouette...

Les fleurs d'hiver

- Se marier en hiver a ses avantages. Et rassurez-vous, les décorations florales sont magnifiques, même en hiver. Le choix des fleurs est plus limité, mais des compositions splendides sont possibles. Voici une sélection des fleurs magnifiques en hiver:
- rose de Noël, anémone de toutes les couleurs, renoncule, muscari, santini alvéolé, amaryllis, jonquille, jacinthe, iris, immortelle, gypsophile, chardon, scabieuse, alsroemeria, et toujours la tulipe et les roses. N'oubliez pas la fleur de coton, en bouquet, en boutonnière ou parsemée de-ci de-là, elle apportera forcément la touche hivernale de votre décoration. Enfin les chatons de saule, qui peuvent être givrés pour l'occasion.

Mon bouquet *de mariée*

Un peu d'histoire

Le fait que la mariée ait un bouquet de fleurs le jour de son mariage remonte au Moyen Âge. À l'époque, il était composé de fleurs d'oranger qui signifiaient la pureté de la future mariée. Puis, du XIX au XXe siècle, une fois la cérémonie finie, la coutume était de poser le bouquet sur un coussin de velours pour le placer sous une cloche de verre. Cela permettait de conserver les fleurs du bouquet pendant des années, tout au long de l'union.

Traditions autour du bouquet

À la base, le bouquet ne se lançait pas: les invités masculins couraient après la mariée jusqu'à ce qu'ils attrapent son bouquet. La coutume s'est transformée avec les années en lancer de bouquet.

De nos jours, les jeunes femmes rêvent de l'attraper pour se marier dans l'année! La tradition veut que ce soit le futur marié qui se charge de choisir le bouquet de sa future épouse. Si vous désirez respecter cette tradition, vous pouvez tout de même l'orienter vers les fleurs et les couleurs que vous aimez... Vous pouvez, sinon, l'accompagner chez le fleuriste et choisir ensemble votre bouquet!

Les couleurs

Chaque couleur de fleur a une signification. De ce fait, lors de votre mariage, il est important de bien choisir les bouquets et les compositions florales. En ce jour très important, c'est un point qui peut sembler mineur mais qu'il ne faut pas pour autant négliger. Voici les couleurs associées à leur signification.

- **Le blanc symbolise la pureté et la virginité, mais aussi le raffinement et l'élégance. En effet, cette couleur évoque la beauté et la perfection. C'est pour cette raison qu'elle est toujours présente lors des mariages.**
- **Le violet exprime la délicatesse et la profondeur des sentiments.**
- **Le rouge est violent et agressif, il expose la passion, le désir et la force de l'amour.**
- **Le jaune est une couleur évoquant la joie, la séduction et l'érotisme.**
- **Le rose formule la fragilité et la naissance d'un amour.**
- **L'orange révèle généralement l'amour avec bonheur et chaleur.**
- **Le bleu, c'est la patience, la timidité, la séduction, la fidélité (raison pour laquelle lors d'un mariage la mariée doit avoir quelque chose de bleu sur elle).**
- **Le vert énonce l'espoir d'une réponse positive à nos attentes.**
- **Le multicolore annonce la folie ou l'excentricité de la force de l'amour, frivolité, aventure et séduction fondée sur la beauté de la personne aimée.**

Vous pouvez bien évidemment composer votre bouquet comme bon vous le semble, afin que le rendu soit esthétique, sans prendre en compte la signification des couleurs! Le plus important est de conserver une harmonie avec votre robe et silhouette. Transmettez la photo de votre robe au fleuriste qui, en fonction de celle-ci, vous conseillera sur la forme de votre bouquet. Et, bien sûr, soyez en accord avec le reste de votre déco florale.

Les formes de bouquet

- Le bouquet rond: le plus courant, d'environ 30 cm de diamètre, il convient pour des robes «princesse».
- Le bouquet champêtre: réalisé à partir de fleurs sauvages et de saison, il est idéal avec une robe fluide, donnant un côté bohème et naturel.
- Le bouquet asymétrique: composé de fleurs très variées, totalement déstructuré, il donne un aspect volumineux et convient parfaitement aux robes simples et sans ornement.
- Le bouquet tiges: composé de longues fleurs tiges, il est porté au creux du bras et est parfait avec des robes près du corps.
- Le bouquet cascade: tombant à la verticale, il est à privilégier si vous êtes grande.

LE PETIT CLIN D'ŒIL, ACCROCHEZ SUR LA POCHETTE DE LA VESTE DE VOTRE MARI UNE PETITE FLEUR DE VOTRE BOUQUET POUR UNE PARFAITE HARMONIE !

Le jeté *de bouquet*

C'EST UN DES MOMENTS FORTS DE VOTRE JOURNÉE DE MARIAGE.

Ce moment invite toutes les femmes célibataires à se réunir pour tenter de rattraper le bouquet de la mariée. Dans la tradition, celle qui attrape le bouquet sera la prochaine à se marier. Un joli moment à prévoir lors de votre grand jour.

La tradition du jeté

Difficile de savoir d'où provient réellement la tradition du jeté de bouquet: des comédies américaines ou d'une réelle tradition française?

Quoi qu'il en soit, les jeunes femmes célibataires de votre mariage attendent ce moment avec impatience.

En effet, si elle remporte le bouquet, cela leur donne l'espoir d'être la prochaine à se marier. Certaines célibataires sont prêtes à tout pour attraper le bouquet, séquence émotions et fous rires garantis.

Cependant, si vous décidez de respecter la tradition, nous vous conseillons de prévoir deux bouquets de marié: un que vous garderez avec vous en sécurité toute la journée, et un deuxième spécialement pour le lancer. Vous éviterez ainsi toute déception si votre bouquet est abîmé lors du jeté.

Un jeté original

Afin d'éviter la bataille entre les célibataires pour récupérer le bouquet et pour éviter de l'abîmer, voici l'alternative au lancer du bouquet avec le jeu des rubans. Il existe plusieurs versions de ce jeu.

- Attachez autant de rubans au bouquet qu'il y a de célibataires. Chacune des célibataires attrape l'extrémité d'un ruban, et se met en cercle autour de la mariée. Cette dernière peut se faire bander les yeux pour accentuer l'effet de surprise. Elle maintient son bouquet en hauteur dans une main et porte une paire de ciseaux dans l'autre main. Sur de la musique, les jeunes femmes tournent en dansant en suivant le cercle autour du bouquet. Au fur et à mesure, la mariée coupe les rubans. À la fin, il n'en reste plus qu'un et cela désigne la grande gagnante du jeu et du bouquet de la mariée.
- Une autre version consiste à attacher fortement un ruban autour du bouquet, puis à enrouler des rubans plus longs dans le même sens autour du bouquet. Les célibataires choisissent un bout de ruban et se placent en cercle en laissant la mariée au centre qui tient en hauteur le bouquet. Elles tournent dans le sens inverse de l'enroulement des rubans. À la fin, il ne reste plus qu'une gagnante.

Version masculine

Afin de faire participer toute l'assemblée au jeté du bouquet et de ne pas laisser les hommes en retrait, vous pouvez très bien organiser un lancer de bouquet masculin. Il s'agit du même principe que le féminin: les jeunes hommes célibataires se réunissent et tentent d'attraper l'objet lancé par le marié. D'ailleurs cet objet peut être un bouquet de fleurs prévu spécialement pour l'occasion. Il peut s'agir également de la boutonnière du marié ou de sa chaussure, mais attention à ne blesser personne lors du lancer. Vous êtes libre de choisir l'objet que vous souhaitez.

En faisant participer tout le monde à ce temps fort, vous assurerez une bonne ambiance lors de votre jour J. Amusez-vous et choisissez le jeté de bouquet que vous préférez!

Atmosphère *unique*

Le saviez-vous, chaque être humain est composé à 97 % de poussière d'étoile. Aussi incroyable que cela puisse paraître, des études scientifiques ont prouvé ce fait merveilleux. Ainsi, laissez cet aspect féerique s'exprimer pour le plus beau jour de votre vie. Un vaste choix de possibilités s'offre à vous, pour créer une atmosphère unique.

Les guirlandes

Elles sont devenues quasiment indissociables de la décoration d'un mariage. Elles apportent une dose de rêverie et de féerie. Vous pouvez utiliser des guirlandes colorées, personnalisables selon vos goûts et selon le code couleur de votre cérémonie. L'aspect lumineux de ce genre de guirlande colorée ajoute un brin de peps et de gaieté à votre décoration. Vous rêvez d'un ciel étoilé enchanteur? Les guirlandes Led de plusieurs mètres (généralement rangées en bobine) pourront être accrochées au plafond de votre lieu de réception et donner cet aspect nuit étoilée à votre salle. Il existe également des rideaux lumineux remplis d'une centaine de Led, plus faciles à mettre en place. Le rendu est tout simplement ravissant, chaleureux et féerique.

Les lanternes

En papier, en verre, ou en métal, les lanternes sont des éléments vintage de décoration, et participent également à créer une ambiance merveilleuse. Il existe différents styles de lanternes qui pourront s'harmoniser parfaitement avec votre décoration. Vous souhaitez transporter vos invités dans une ambiance des mille et une nuits, optez pour des lanternes au style oriental. Vous souhaitez une ambiance plus joviale, colorée ou japonisante choisissez plutôt des lampions.

Là encore, il existe une variété de styles

Location de décors et accessoires

- Vous le verrez, l'organisation de votre mariage vous amènera face à de nombreux dilemmes, interrogations et doutes. Et entre autres au moment de choisir le mobilier et les éléments de décoration de votre réception. Vous vous poserez alors certainement la question: je loue, j'achète, j'emprunte...? Comment prendre les meilleures décisions?
- Tout d'abord c'est une question de timing! Et de raison... Prenons un exemple: vous souhaitez utiliser des arrosoirs en zinc afin de les agrémenter de jolies fleurs sauvages et les intégrer à la décoration de votre cocktail champêtre. Vous vous mettez donc en quête de ces arrosoirs à travers de nombreux vide-greniers et auprès de votre entourage: très bonne idée! Cependant, si vous ne trouvez toujours pas la perle rare et que votre mariage est dans moins de 2 mois, il faudra songer à être raisonnables et à vous tourner vers les sites Internet de décoration, les jardineries... Vous le comprenez, certaines alternatives sont très malines mais peuvent être risquées à l'approche du mariage. Vous pouvez donc fonctionner en plusieurs étapes de cette façon, en vous fixant bien à l'avance la *deadline* à ne pas dépasser, sinon vous serez toujours tentés de chercher encore quelques jours de plus...
- Pour ce qui est des éléments assez importants, en termes de prix, de taille et de quantité: il est assez logique et pratique d'opter pour la location. Le mobilier, par exemple, est peu pratique à transporter et assez onéreux, vous vous tournerez donc naturellement vers la location.
- C'est donc d'avantage pour des éléments de petite taille et relativement peu chers que la question se posera. Par exemple: la vaisselle, les housses de chaises, les vases... Vous n'aurez pas nécessairement envie de garder des centaines d'exemplaires de chaque après le mariage mais l'achat peut être un bon compromis: vous pourrez en garder quelques exemplaires et revendre le reste (peut-être à des futurs mariés d'ailleurs...).

différents, à vous de choisir ceux qui vous correspondent le plus. D'autre part, vous pouvez mettre en place une animation lancer de lanternes. Tradition venue de Thaïlande, il symbolise l'espoir. Comptez deux à trois invités par lanterne. Ensemble, ils allument la flamme et guident la lanterne dans son élévation. Durant une dizaine de minutes, vos invités et vous pourrez admirer le spectacle magique des lanternes volant dans le ciel.

Les bougies

Elles sont riches en symboles spirituels et éclairent d'une lumière douce et chaleureuse. Ce sont de parfaites alliées pour apporter une touche de romantisme et de magie à votre mariage. Utilisez-les en grande quantité et dans tous les endroits-clés de votre jour J: dans l'allée de l'église, en décoration lors du cocktail, et dans les moindres recoins de votre cérémonie. En plus de briller de mille feux, les bougies sont écolo, de quoi être féerique sans culpabiliser.

Pour créer cette ambiance merveilleuse, libre à vous de mixer guirlandes, lanternes et bougies à votre convenance. Mettez-en autant que vous le souhaitez sans risque de faux pas. En effet, ces objets d'ambiance lumineux donneront toujours un aspect merveilleux à votre décoration. Si vous avez besoin d'aide pour choisir, un(e) wedding planner peut vous être d'un grand secours. Grâce à ses connaissances pointues en scénographie, il(elle) pourra vous conseiller au mieux sur votre décoration lumineuse en fonction du lieu de réception, de vos envies, tout en respectant votre budget.

Les tables

LORS DE L'ORGANISATION DE VOTRE MARIAGE, VOUS PASSEZ LES ÉTAPES UNE À UNE ET VOUS RÉSOLVEZ LES PROBLÉMATIQUES ÉTAPE PAR ÉTAPE. ET ON NE LE RÉPÉTERA JAMAIS ASSEZ : LE PLAN DE TABLE RESTE UNE TÂCHE PLUTÔT ÉPINEUSE. VOUS VOUS SENTIREZ SOULAGÉS UNE FOIS QUE VOUS SEREZ PARVENUS À FINALISER VOTRE LISTE D'INVITÉS, MAIS IL NE S'AGIT QUE DE LA PREMIÈRE ÉTAPE.

Une fois que vous aurez reçu toutes les réponses de votre entourage et que vous connaîtrez exactement la liste de vos convives, il vous faudra les placer pour le repas. Vous n'êtes pas obligés de positionner chaque personne à une place précise, mais il faut au moins déterminer qui doit s'asseoir à quelle table. Si cette mission vous semble très périlleuse et vous inquiète, sachez que vous pouvez ruser en adaptant la disposition des tables. En effet, selon le lieu que vous aurez choisi et le nombre d'invités présents, vous pourrez ajuster la disposition des tables, et donc peut-être faciliter la réalisation de votre plan de table.

Vous avez le choix entre plusieurs types de tables: rondes, carrées, de tailles et diamètres différents... Vous pouvez ainsi accorder la taille de vos tables aux groupes que vous souhaitez créer.

Les tables rondes

Elles sont les plus communément utilisées et laissent beaucoup de liberté pour leur positionnement.

Voici les dimensions communes :

- Diamètre de 1,22 m : 7 places conseillées, au maximum 8.
- Diamètre de 1,50 m : 8 places conseillées, au maximum 10.
- Diamètre de 1,80 m : 10 places conseillées, au maximum 12.

Ne vous sentez pas dans l'obligation de mettre systématiquement 12 personnes sur une table de 12. Pensez à l'aisance de vos invités, et mieux vaut parfois ajouter une table.

Autres dispositions

Vous pouvez opter pour les grandes tablées, qui sont de surcroît très conviviales. Une grande tablée qui traverse toute votre salle ou, si vous êtes nombreux, 3 ou 4 grandes tables de 20 à 30 personnes. Dans ce cas, nous vous conseillons quand même de placer chaque personne précisément pour éviter que le moment du passage à table soit trop long et trop fouillis.

Autre alternative: la table en U. On la croise moins souvent, mais elle peut également être une alternative aux petits groupes tout en mettant en avant la table d'honneur en son milieu.

Bien sûr, il existe autant de dispositions possibles que de salles! Alors le mieux est de bien prendre les mesures de votre salle de réception et d'imaginer le scénario qui correspondra au mieux au nombre d'invités, à vos désirs et aux subtilités interfamiliales.

Vous avez bien sûr la possibilité de ne pas mettre de table de mêmes dimensions, mais il faudra alors que vous transmettiez le plan, le nombre et la dimension des tables à votre traiteur. Il effectuera le nappage et devra donc prévoir les dimensions des nappes en conséquence, ne changez rien à la dernière minute!

Conseil

Quelle que soit la disposition que vous choisissez, n'oubliez jamais le passage pour les serveurs qui restent le point majeur pour que le service se passe dans la plus grande fluidité. Comptez toujours 1,5 m entre chaque table.

La table d'honneur

Vous avez de grandes possibilités et pas de règles.

En fonction de votre nombre d'invités, faites en sorte de ne pas avoir une table d'honneur trop grande, ce qui pourrait faire un peu «groupe à part». Tous vos invités doivent vous voir, vous les mariés, c'est cela le plus important.

- Vous pouvez choisir une table d'honneur de 12, 14, 20 personnes, rectangulaire ou ovale, ou simplement une table ronde identique à celles de vos invités.
- Vous pouvez aussi prendre le parti de ne pas avoir de table d'honneur, surtout en format banquet, et de vous placer côte à côte ou face à face au milieu des tables.
- Positionnez la table d'honneur dans un fond de salle avec vos invités devant vous, ou encore en ayant votre table d'honneur au milieu des autres tables... là encore, pas de règle. Faites comme vous le sentez le mieux.
- Certains mariés d'ailleurs optent pour une table de 2, préférant ensuite bouger de table en table pour aller voir leurs invités.

Qui sur ma table d'honneur?

Désormais, on a plutôt tendance à voir des tables d'honneur avec témoins, demoiselles et garçons d'honneur, voire copains plutôt que les parents. Ne vous formalisez pas trop, mais veillez toutefois à mettre les tables de vos parents, ou frères et sœurs, proches de la table d'honneur afin de ne pas froisser les susceptibilités.

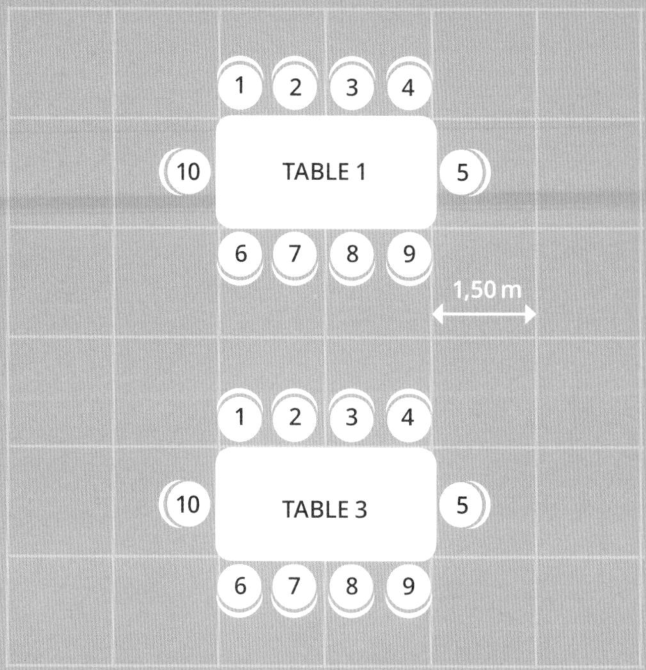

Privilégiez le confort de vos invités. Ainsi, pour les tables rondes, ne dépassez pas 8 personnes pour une table de 120 cm de diamètre, 10 personnes pour une table de 150 cm de diamètre, 12 personnes pour une table de 180 cm de diamètre.

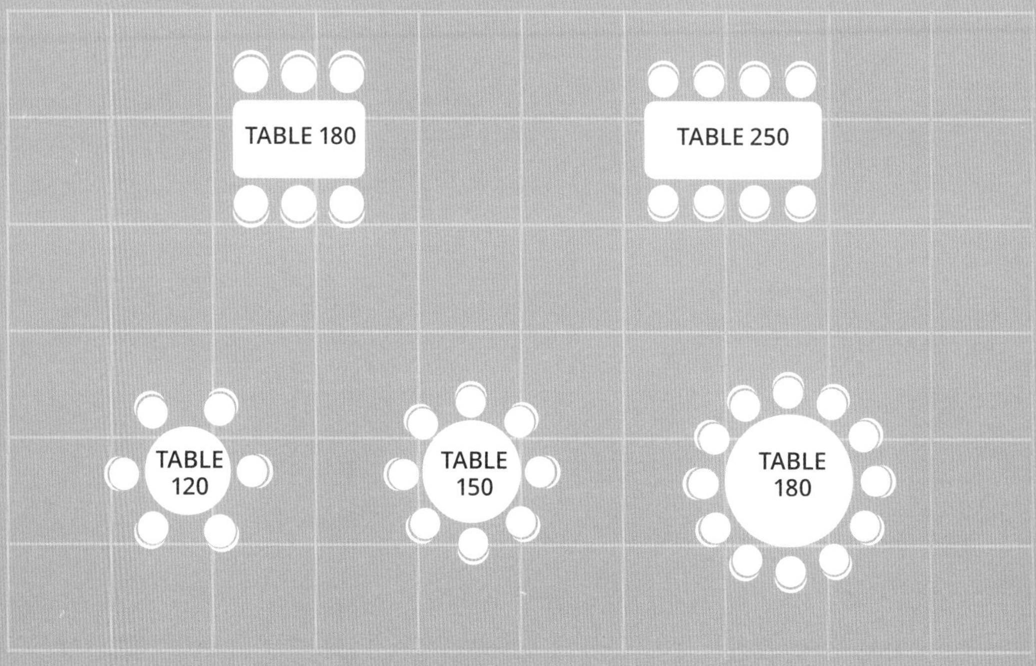

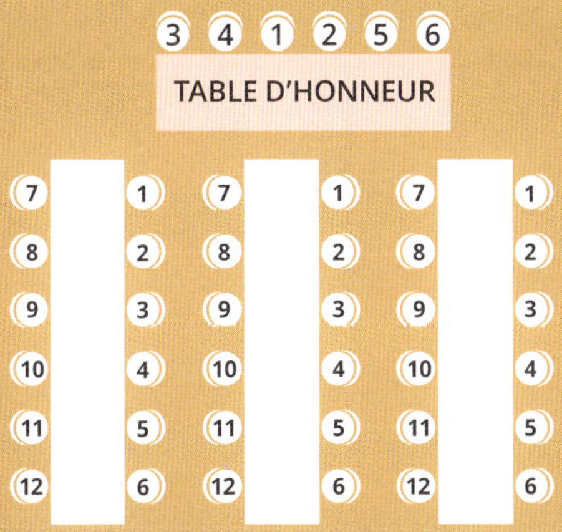

LES DIFFÉRENTES DISPOSITIONS

Quel que soit le positionnement de vos tables, pensez toujours à la piste de danse. Il est important que chaque invité puisse aller danser quand il veut sans avoir à se frayer un chemin au milieu des chaises !

De plus, positionnez toutes vos tables et n'envisagez pas une seule seconde de devoir en retirer après le dessert, sauf éventuellement celles des enfants, mais cette manipulation devra s'envisager avec le traiteur en toute discrétion...

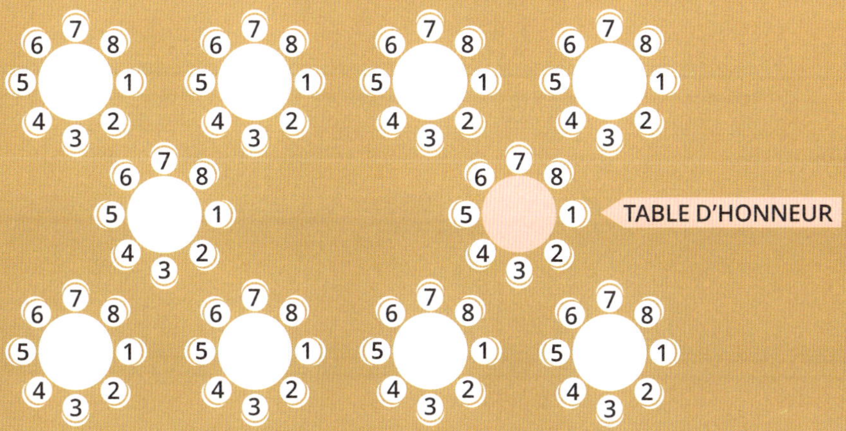

Le plan de table

EFFECTUER SON PLAN DE TABLE PEUT SE RÉVÉLER UN VÉRITABLE CASSE-TÊTE ! EN EFFET, IL S'AGIT DE COMBINER LES PERSONNALITÉS EN FONCTION DES ÂGES, DES AFFINITÉS ET DES ORIGINES DE VOS RELATIONS POUR CRÉER UNE BONNE AMBIANCE ET QUE TOUT LE MONDE S'AMUSE. VOICI QUELQUES IDÉES POUR RÉUSSIR VOTRE PLAN DE TABLE.

Le classique

Prenez-vous une soirée avec votre moitié pour réfléchir ensemble à votre plan de table. Dessinez vos tables sur un papier, armez-vous d'un crayon à papier pour pouvoir effacer et prenez votre liste d'invités. Si vous avez un tableau blanc, c'est encore plus simple!

Commencez par répartir vos invités par table. En premier, occupez-vous de la table d'honneur, votre table: choisissez les personnes avec qui vous voulez absolument être. Une fois inscrites, barrez le nom des personnes placées dans votre liste d'invités. Après, passez à la table de vos parents respectifs, essayez d'imaginer avec qui ils aimeraient être. Placez le reste de votre famille, puis vos amis. Puis il reste ensuite les personnes que vous ne savez pas où placer, voyez s'ils sont accompagnés ou célibataires, et répartissez-les en fonction de leurs âges. Si les gens assis à une même table ne se connaissent pas, ça n'est pas dérangeant: c'est une occasion de faire de nouvelles rencontres. Essayez de voir s'il y a assez d'enfants pour faire une table spéciale enfants, sinon installez-les sur la table de leurs parents.

Une fois les personnes réparties sur les tables, vient le placement détaillé. Tentez d'alterner dans la mesure du possible un homme, une femme. Pour les couples vous pouvez soit les mettre face à face, soit les laisser côte à côte. Si vous avez connaissance de conflits ou de mésententes, essayez d'éloigner les personnes concernées le plus possible. Faites votre plan de table 15 jours avant le mariage, car vous saurez la liste définitive des invités.

Tendance

Une idée pour vous simplifier la vie est le plan de table à l'américaine. Le principe est de répartir les invités par table sans faire de placement détaillé. Ils se rendent ainsi à leur table et s'asseoient où ils le souhaitent. Cela évite de trop vous arracher les cheveux et permet à vos invités de s'exprimer.

Vous pouvez également choisir de ne pas faire de repas assis à table du style apéritif ou buffet dînatoires. Dans ces cas-là, il n'y a plus besoin d'un plan de table. Les invités se déplacent pour rencontrer et discuter avec les autres invités. Prévoyez quelques assises comme des chaises, des fauteuils ou des canapés, pour éviter d'être debout tout le temps et pour permettre aux plus anciens de se reposer. Ce genre de dîner est de plus en plus en vogue, car il est à la fois simple et dynamique.

Enfin, ne vous prenez pas trop la tête non plus, il s'agit de votre mariage donc faites-vous confiance: vous connaissez (presque tous) vos invités et savez qu'ils seront heureux de partager un dîner avec vous, votre famille et vos amis!

Et si le jour J, quelqu'un veut changer de place, n'en faites pas une affaire d'État, laissez faire, l'important est que tout le monde s'amuse et se sente bien.

A
SURUCHI AHUJA TABLE 14
LOUIS ALBANESE TABLE 4
POLINA ALFORD TABLE 4
TOM AMEGADZIE TABLE 8
ANDREI ANDRADE TABLE 9
C
J - L
D
DALIA DEAK TABLE 7
RANDAL DREW TABLE 17
CASEY DWYER TABLE 1
ELIZABETH DWYER TABLE 2
MADDIE DWYER TABLE 1

Déco de serviettes

VOUS RÉFLÉCHISSEZ À VOTRE RÉCEPTION DE MARIAGE ET À LA DÉCORATION DES TABLES ? DU NAPPAGE À LA VERRERIE JUSQU'AUX DÉTAILS DÉCORATIFS DES MARQUE-PLACES OU DES CENTRES DE TABLE, CHAQUE ÉLÉMENT COMPTE ! MAIS, QU'EN EST-IL DES RONDS DE SERVIETTE ? ALLEZ-VOUS AJOUTER UNE PETITE TOUCHE QUI RAPPELLERA VOTRE THÈME TOUT EN SUBLIMANT VOTRE DÉCORATION DE TABLE ?

Selon la thématique choisie pour votre mariage, vous pouvez décorer votre pliage de serviette d'une façon ou d'une autre, laissez place à votre imagination, car les idées ne manquent pas!

Les fleurs à la serviette

Pour un mariage bucolique, bucolique chic ou champêtre, vous pouvez bien entendu miser sur les fleurs! Pour cela, reprenez une ou deux des fleurs composant le centre de table ou le bouquet de mariée. En plus d'être jolie et romantique, la fleur fraîche s'accorde avec tout! Par exemple, gypsophile, pâquerette, ou pour un style plus raffiné et chic, une rose évidemment... Pour rester dans un esprit fleuri, si votre événement est davantage tourné vers le provençal, optez pour de la lavande, ou une branche d'olivier, un véritable clin d'œil au charme du sud.

Vous pouvez aussi privilégier des fleurs séchées qui sont une bonne alternative aux fleurs fraîches printanières ou estivales si votre mariage est dans une autre saison. Elles sont aussi parfaites pour une ambiance rétro-vintage. Vous pouvez les remplacer par des brindilles et du lierre afin d'ajouter une touche de verdure à votre décoration de table, en restant dans l'esprit nature et végétal! Épis de blé et minipampas donneront un style totalement naturel très sympa.

Autres accessoires

Si vous ne souhaitez pas forcément ajouter d'élément floral ou que vous êtes tout simplement en panne d'inspiration, vous pouvez entourer vos serviettes avec du lin pour du bucolique, une cordelette pour l'esprit marin ou voyage, un ruban ou de la dentelle pour plus de romantisme. Référez-vous à vos préférences et à la thématique de votre jour J. Nouez-y une étiquette avec un mot personnalisé, une citation, le menu ou le nom des invités en guise de marque-place, ou tout simplement les initiales des mariés, et le tour est joué!

Pour aller plus loin, et si vous désirez jouer davantage sur les détails, associez des bijoux ou objets fantaisie à vos serviettes nouées : les invités auront un souvenir de plus à garder de cette journée magique!

Attention, si vos décos de serviette sont compliquées, faites-les en amont avec un peu d'aide en demandant les serviettes à votre traiteur quelque temps au préalable pour qu'il n'ait plus qu'à les poser le jour J.

Le pliage de serviettes

Pour ceux qui n'auraient pas peur des activités manuelles, pourquoi ne pas revenir au bon vieux pliage de serviettes? Vous trouverez de nombreux tutoriels DIY originaux et en vidéo sur Internet pour vous inspirer et vous guider dans cette tâche. Demandez à votre traiteur les serviettes d'avance si vous faites des pliages compliqués, ce sera à vous de vous y coller quelques jours avant!

POUR LES ENFANTS, PAS BESOIN DE CHERCHER BIEN LOIN. OFFREZ-LEUR UNE PETITE ATTENTION EN ENTOURANT LEUR SERVIETTE D'UN COLLIER DE BONBONS OU EN Y ACCROCHANT UN SACHET DE GOURMANDISES ! EN PLUS DE LES RAVIR, VOUS APPORTEREZ UNE TOUCHE DE COULEUR !

ORGANISER MON MARIAGE

MODE & BEAUTÉ

La robe

Moi, mes complexes, et comment en jouer en beauté

Oui, on a des hanches. Oui, on a une petite poitrine. Non, on n'a pas les jambes de Gisele Bündchen… Et alors, les filles? Vous êtes parfaites! Stop les préjugés! Tous ces petits reproches à notre physique peuvent nous aider à virer à la bombe atomique en robe de mariée, si l'on sait comment les exploiter!

Fesses prononcées et petits seins

Complexes, là? Je préfère en rire plutôt lorsqu'on sait que tout ce qu'on enfile devient caliente, façon Queen B…

- Ce qu'il vous faut? Des lignes simples et épurées, de la robe princesse ou de la robe ligne A.
- Robe bustier? Sans hésiter! Bustier ou dotée de fines bretelles et d'un col plongeant en V qui attirent le regard vers le haut de votre silhouette. N'hésitez pas à mettre des accessoires, du moins tout ce qui peut amener du volume sur le haut du corps.
- Robe meringue? Excès de volants et de détails? Faites une croix tout de suite sur ces robes, tube, boule ou fourreau, qui soulignent vos arrières sans mettre en valeur le reste! Exit la *princess dress*.

Pas plus de formes qu'un garçon

Et Kate Moss, Charlotte Gainsbourg, et j'en passe… ne sont-elles pas des sex-symbols? Votre pouvoir, mesdemoiselles? Tout vous va! De quoi faire rager une bonne partie des femmes de la planète!

- Volants, frous-frous, rien de mieux pour donner du relief.
- On vous adore aussi dans des robes drapées, plissées, brodées, qui étoffent visuellement votre gabarit de liane. Tulle, mousseline, satin… yes, yes, yes!
- Si vous voulez accentuer votre côté élancé, offrez-vous une robe dos nu, laissant deviner votre creux des reins… *Que calor*!
- Corset? Oui, vous pouvez avec votre taille fine!
- Robe courte? Laissez admirer vos gambettes de sylphide!
- Robe à la ligne tube et près du corps? *Delete*! Vous aurez l'air de flotter ou d'être encore plus maigre!

JE SERAI LA PLUS BELLE !
JE SERAI LA STAR DU JOUR !

Trop de sport et épaules de nageuse

Être musclée vous apporte une prestance naturelle et un port de tête incroyable. La preuve avec la princesse de Monaco, Charlene Wittstock, ancienne nageuse de haut niveau! Alors stop! Redressez-vous et revendiquez votre silhouette sculptée!

- Craquez pour une robe aux lignes asymétriques, forme trapèze ou droite, au décolleté assez haut, rond ou carré. Détail sexy? Fendue sur le bas, histoire de révéler vos longues jambes galbées!
- Succès assuré également dans une robe courte!
- Envie de cultiver une touche garçonne ultra sexy? Un smoking blanc porté sur la peau nue qui vous donne une allure de folie!
- À éviter? Les robes épaulées, celles à froufrous, les *girly*, à dentelle, avec corset ou bretelles fines, ou encore un décolleté plongeant en V.

Je suis petite même sur les pointes

Les mini-formats, c'est plus que mignon, c'est *ultra-hot*! En plus, vous pouvez afficher un look hyper féminin sans passer pour une vamp!

- Le *must* du *must*? Une robe de mariée courte et structurée comme les trapèzes ou les asymétriques, courtes devant et longues derrière.
- Robe longue absolument? Une seule recommandation: la robe Empire, elle gomme la taille et donne l'impression que vos jambes sont plus longues que dans la réalité.
- La robe courte! On dit oui à la *babydoll*!
- Robe trop large ou trop volumineuse? Oubliez! Elles risquent de tasser votre jolie silhouette de poupée!
- L'accessoire indispensable? Des talons méga hauts, comme Gabrielle Solis dans *Desperate Housewives*. Vive les *stilettos*, salomés à talons aiguille et autres escarpins!

Ne montrez pas votre robe avant le jour J

N'allez pas aux essayages seule! Parce que même si vous avez le sentiment de vous connaître ou de savoir parfaitement ce que vous voulez parce que vous avez vu une magnifique photo dans un magazine, la réalité au moment des essayages pourrait bien vous étonner et l'étonner! Lancez-vous dans les essayages avec des proches de confiance, il ne faudrait pas qu'elles donnent ne serait-ce qu'un indice! Les essayages aussi sont de grands moments avec ceux qui vous sont chers et qui sauront avec une grande bienveillance vous donner leur avis.

Cependant, la découverte est un moment magique rempli d'émotions. Vous verrez les étoiles dans les yeux de votre futur époux, inévitablement il vous trouvera magnifique! Vous allez beaucoup partager pendant cette année de préparation, mais pour la robe, ne lâchez rien! Il vous questionne, essaie de savoir... Pour une fois, votre choix sera pleinement assumé et l'effet «waouh! Qu'est-ce qu'elle est belle, et c'est ma femme!» n'en sera que plus fort.

Petite note d'humour sur cette tradition: pourquoi le marié ne devait pas voir sa promise avant la cérémonie... pour ne pas qu'il change d'avis! Sourire...

Je ne suis faite que de rondeurs

Bella, bella... Monica Bellucci, Scarlett Johansson, Salma Hayek... avec vos formes harmonieuses et bien placées, faites comme elles! Vous avez le physique idéal pour les tapis rouges!

- Craquez onctueusement pour une longue robe de sirène qui vous fera un décolleté renversant, ou pour une robe type fourreau, avec un corset qui galbera vos jolies formes.
- Décolletés en V, en cœur, en bénitier, osez, vous ne ferez que donner envie aux autres femmes avec votre poitrine voluptueuse!
- Bon point aussi pour la robe fluide type Empire, qui estompe parfaitement un petit bidon.
- *Dress code* à éviter? Les ensembles bustiers-jupes qui soulignent les hanches, ce qui est trop court et trop moulant également, tissus transparents ou motifs, à rayer de votre liste!

Dernier petit conseil? N'ajoutez pas d'accessoires, seulement une simple pochette, votre robe de star et votre allure font déjà tout le travail!

les 4 objets du bonheur

SOMETHING OLD, SOMETHING NEW, SOMETHING BORROWED, SOMETHING BLUE

Les 4 objets du bonheur

Et si vous respectiez cette tradition?

La mariée peut, si elle le désire, porter sur elle 4 éléments le jour J afin de s'assurer du bonheur au sein de son futur couple et de la réussite de son mariage. Un élément ancien, un élément neuf, un élément emprunté et, pour terminer, un élément bleu sont nécessaires pour respecter cette célèbre tradition. Au XIXe siècle, chaque objet était considéré comme une allumette permettant d'éloigner les mauvais esprits et la malchance. Ce rituel nous vient tout droit d'Angleterre.

1 Commençons par l'objet ancien. Celui-ci évoque le passé, comme par exemple la famille de la mariée ou sa vie de jeune fille avant le mariage. Cet élément ancien peut être un bijou appartenant à la famille, mais il peut également être un mouchoir brodé, des gants, une pochette ou un diadème.

2 L'objet neuf, lui, représente l'avenir, la nouvelle vie qui se présente à vous et la réussite au sein de votre mariage. Cet élément peut tout simplement être votre robe de mariée, vos sous-vêtements ou vos nouveaux escarpins choisis spécialement pour cette belle occasion.

3 L'objet emprunté à un ou une proche signifie à la fois le bonheur et la chance à venir. En général, cet élément symbolique est emprunté à une amie proche ou à une complice (mère, grand-mère, cousine, sœur...) qui est mariée et heureuse en couple! Souvent, les mariées optent pour des boucles d'oreilles, une étole ou des bijoux.

4 En ce qui concerne l'objet bleu, il symbolise la pureté des sentiments du futur couple et sa fidélité. En revanche, si la couleur bleue ne fait pas partie de votre thème, il peut tout simplement être une perle, un ruban, un strass dans les cheveux ou une plume dans le bouquet de la mariée.

Cette tradition n'aura plus de secret pour vous dès à présent. Bien évidemment vous pouvez la respecter à la lettre mais vous êtes libre de faire marcher votre imagination avec des variantes pour créer votre propre tradition familiale.

Les accessoires

QUE SERAIT UNE MARIÉE SANS ACCESSOIRES, PEU IMPORTE À QUELLE SAISON VOUS VOUS MARIEZ ET QUELS ACCESSOIRES VOUS CHOISISSEZ : VOILE, CHAUSSURES, GANTS, SAC…

Le voile

- Il est le symbole du mariage par excellence. Il peut être porté comme vous le voulez selon la robe que vous portez, court, long… Vous devez le garder sur votre visage jusqu'à l'échange des consentements.

Tendance, le bandeau, descendu tout droit des podiums de haute couture, il est sur toutes les têtes ou presque.

Les chaussures

- De belles chaussures de princesse, on en rêve toutes, n'est-ce pas?! Mais, avant tout, pensez à votre confort, n'écoutez pas ces vendeuses qui vous diront qu'elles sont confortables. Surtout si vous êtes habituée aux baskets et ballerines toute l'année, penchez pour des chaussures avec 3 à 4 cm de talon.

Conseil particulier : soyez à votre aise les filles…

Les gants

- Conservez un charme certain durant les différentes cérémonies. Vous pourrez ainsi, à la mairie, signer les registres avec élégance et à l'église, retirer ce précieux gant afin de recevoir la bague tant attendue…

Pourquoi pas : faites comme Karl Lagerfeld ou Madonna et optez pour des mitaines.

Le sac

- La plupart des mariées ne portent pas de sac, pourtant une pochette, une minaudière ou une bourse, se révélera très utile pour renfermer votre kit pour la journée: maquillage, pansements, mouchoirs, déodorant…

Conseil : confiez-le à votre témoin pendant la séance photo, car vous aurez déjà votre bouquet à tenir.

Les bijoux

LES BIJOUX SONT UN INDISPENSABLE. ILS COMPLÈTENT ET SUBLIMENT VOTRE TENUE DE MARIAGE. DES ALLIANCES AU COLLIER EN PASSANT PAR LES BOUCLES D'OREILLES, LES BRACELETS OU MÊME LA COURONNE DE PRINCESSE, CHAQUE DÉTAIL COMPTE POUR BRILLER LORS DE VOTRE JOUR J !

La première chose, bien entendu, c'est de choisir vos bijoux en fonction de votre robe. Généralement, on ne voit pas de gros colliers. C'est pour cette raison, que je ne vous donnerai de conseils que sur les boucles d'oreilles. Donc, soit vous avez un col montant et ne porterez pas de collier, soit vous choisirez un collier fin et délicat, ne venant pas surcharger votre encolure. Si vous avez un dos nu, osez une chaîne de dos, très sensuelle et glamour.

Pour les boucles d'oreilles, choisissez selon la forme de votre visage

Que votre visage soit rond, allongé ou carré, le choix de vos boucles d'oreilles ne sera pas forcément le même!

Pour un visage rond, optez pour des boucles d'oreilles pendantes et longues qui auront pour effet d'allonger votre visage. Évitez toutes boucles d'oreilles arrondies et misez sur des formes plus géométriques. Quant aux visages ovales, c'est quasiment le même conseil qui s'applique, avec une préférence pour des boucles d'oreilles avec pendentif triangulaire.

Pour celles ayant un visage plutôt allongé, optez au contraire pour des petites boucles rondes classiques, de type perles ou diamants. Ces bijoux illumineront votre visage, d'autant plus si vous avez une coupe plutôt courte qui dégagerait votre visage et qui les mettrait donc en valeur.

La bague de fiançailles

ON VOUS PARLE D'ELLE, PARCE QUE CE N'EST PAS LA MÊME BAGUE QUE L'ALLIANCE. CELLE-CI, C'EST CELLE QUE LE FUTUR MARIÉ OFFRE À SA BELLE, EN SURPRISE OU PAS, ELLE S'OFFRE AU DÉBUT DES FIANÇAILLES, C'EST-À-DIRE AU DÉPART DES PRÉPARATIFS.

Alors comment choisir cette bague de fiançailles si importante? Les pierres précieuses possèdent chacune leurs symboles et légendes. Connaître l'histoire de la pierre choisie vous permet de symboliser votre union. Les pierres nous parlent, alors découvrez les différentes significations. Ainsi, vous pourrez plus facilement sélectionner celle qui vous correspond le mieux et parle de votre histoire d'amour.

Le rubis

Cette pierre rouge flamboyante est l'emblème du bonheur. En effet, elle vous protégerait du malheur et vous assurerait une bonne santé. Elle symbolise l'amour car selon la légende elle serait utilisée pour ouvrir le cœur. Elle représente également la charité, la loyauté, la vitalité, l'énergie et la royauté. Sa couleur rouge ardente signifie le feu et évoque le courage. Cette pierre est donc parfaite pour symboliser votre amour avec votre moitié et vous annonce bonheur pour votre avenir.

Le saphir

Venant de l'hébreu *sappir*, elle signifie «la chose la plus belle». Le saphir est associé à la paix et au bonheur. Elle aiderait à mieux communiquer et à prédire l'avenir. Sa couleur bleu azur rappelle le bleu du ciel et représente l'aspect divin et l'immortalité. Elle fait partie des bagues de fiançailles favorites, car elle symbolise aussi la fidélité.

L'émeraude

Cette pierre verte est connue pour ses nombreuses vertus: elle aiderait à la fertilité, pourrait améliorer la vue, soulagerait de la dépression, favoriserait un bon sommeil sans cauchemar. De plus, elle symbolise l'amour fidèle, l'espérance, la force et la puissance. Elle aide à trouver un équilibre dans la vie.

L'opale

L'opale est une pierre précieuse associée aux émotions comme l'amour et la passion. Elle symbolise également la spontanéité et éloignerait du mauvais œil. En effet, selon la légende, elle deviendrait rouge devant un ami, serait plus pâle devant un ennemi. De plus, elle apporterait bonheur, fortune et beauté.

Le zircon

Cette pierre partage une grande ressemblance avec le diamant, elles sont donc souvent confondues. Elle aiderait à développer ses croyances spirituelles et à atteindre la sagesse. Elle apporterait paix et beauté à la personne qui la porterait. C'est une pierre éclatante et très lumineuse.

Le diamant

Le diamant est la pierre des pierres précieuses. Symbole de perfection et de pureté intacte. Il est associé à la vie, la lumière et le soleil. Selon la légende, le diamant serait la larme de Dieu. Dans l'Antiquité, cette pierre aurait eu la vertu de protéger des poisons. Le diamant pourrait amplifier les vertus des autres pierres précieuses et également de celle ou celui qui le porte. De nos jours, le diamant est devenu un symbole de l'amour, et suscite l'admiration de nombreuses personnes.

Les alliances

ELLES SONT LE VÉRITABLE SYMBOLE DE VOTRE UNION. CE BIJOU, QUE VOUS PORTEREZ TOUTE VOTRE VIE, REPRÉSENTE TOUT L'AMOUR QUE VOUS AVEZ ET AUREZ POUR VOTRE MOITIÉ. SYMBOLE TRÈS IMPORTANT DE VOTRE AMOUR, IL N'EST JAMAIS FACILE DE CHOISIR VOS ALLIANCES POUR CE SI BEAU JOUR.

Un peu d'histoire

La raison pour laquelle on porte l'alliance à l'annulaire de la main gauche n'est autre que parce que les Égyptiens croyaient que la veine d'amour partait du cœur pour aboutir directement au troisième doigt de la main gauche. Le mot alliance vient du latin *alligare* signifiant «s'attacher à». Mais ne vous y trompez pas, l'échange des alliances est arrivé très tard. En effet, seul le marié offrait une bague à sa promise. Il en est de même pour le port de l'alliance à la main gauche, elle a même été portée au pouce fut un temps. Encore aujourd'hui, sachez qu'elle se porte à la main droite en Allemagne, Norvège et Autriche entre autres...

Auparavant l'alliance était un simple jonc en or mais aujourd'hui il existe différents types d'alliances :

- le demi-jonc est plat à l'intérieur et arrondi sur la face extérieure;
- le jonc parisien est plus épais que l'alliance précédente;
- le ruban confort est plat et bombé sur la face intérieure;
- l'alliance avec 2 ou 3 anneaux en or entrelacés;
- l'alliance ciselée a des formes variées, elle peut être torsadée, oblique;
- l'alliance striée a des lignes fines sur la surface;
- l'alliance sertie de pierres est composée de diamants, de rubis, d'émeraudes ou de saphirs.

Profitez de cette créativité pour avoir un bijou unique, qui reflète votre personnalité.

Faites votre choix 3 à 4 mois avant votre mariage pour un délai raisonnable, surtout si vous souhaitez faire une gravure. Pour les essayages, pensez à amener votre bague de fiançailles, celle-ci se portant au même doigt, le mélange de pierres ou d'or sera du bel effet.

Comment choisir?

Pensez à votre style de vie et à votre travail. Pensez à la fragilité des pierres, si vous passez les mains dans l'eau souvent, préférez un simple anneau, cet anneau est précieux et pas question que vous soyez obligés de l'ôter tout le temps.

Choisissez une bague plus ou moins large en fonction de la finesse de vos doigts. Pensez à un détail, s'il fait chaud le jour de vos essayages, vous risquez fort d'avoir un anneau trop grand le jour J!

De plus, choisissez un or correspondant à votre type de peau habituel, pas seulement quand vous revenez de vacances! Un or jaune est magnifique sur une peau bronzée, mais si vous avez la peau claire, préférez un or rose ou blanc. Vous n'êtes pas obligés de choisir les mêmes ors et les mêmes styles de bagues entre vous deux. Faites vraiment en fonction de votre personnalité et de votre style.

Faire graver les alliances

En vous rapprochant de votre bijoutier, celui-ci vous guidera dans le choix et la réalisation de vos alliances. Si vous souhaitez les faire graver, vous devrez prendre en considération quelques éléments. Effectivement, selon la largeur de la bague, la police de caractère choisie (italique, lettres capitales, chinois...) ou même le style du bijou, les gravures devront être adaptées. Les alliances ornées de pierres précieuses par exemple sont un peu plus compliquées à graver, même si cela reste toujours envisageable.

Les plus classiques

La plupart du temps, le couple choisit de faire graver la date du mariage, en souvenir de ce jour durant lequel ils se sont unis l'un à l'autre. Ou bien, vous pouvez graver une autre date symbolique comme celle de votre premier baiser ou de votre rencontre. Pour rester dans les chiffres, les coordonnées GPS vous permettront d'indiquer un lieu spécial à vos yeux comme celui de la demande en mariage ou du premier rendez-vous amoureux.

Les phrases d'amour sont aussi un grand classique: «Mon amour, ma vie», «Mon cœur t'appartient», «Hier, aujourd'hui et demain»... Toutes peuvent être déclinables dans votre langue maternelle ou de vos origines, ou tout simplement qui vous plaît. Vous pouvez aussi graver vos surnoms intimes mutuels ou vos initiales.

Enfin, un principe qui peut se retrouver dans les tatouages par exemple: les anneaux jumeaux, c'est-à-dire le fait de diviser une phrase en deux parties, une inscrite sur chacune des alliances. Tant de possibilités pour témoigner de votre amour pour l'autre!

Pour les couples souhaitant apporter une touche d'originalité, misez sur une note d'humour: «Ils vécurent enfants et firent beaucoup d'heureux», «Propriété de...», «Do not remove», etc.

Les citations

Qu'elle soit tirée d'un livre, d'une chanson ou d'un film que vous appréciez tous les deux, vous pouvez opter pour une citation qui aurait un sens particulier pour vous et votre moitié. Voici quelques exemples: «I will always love you», «Je l'aime à mourir», «Live well, Laugh often, Love much», «Que la force soit avec nous»...

Un visuel

Une autre possibilité consiste à graver un visuel qui vous tient à cœur comme le signe de l'infini pour symboliser votre amour éternel, un cœur, un trèfle ou tout autre symbole personnalisé que vous auriez dessiné vous-même.

Dans tous les cas, si un jour vous veniez à regretter cette gravure, il est tout à fait envisageable d'aller la modifier chez un expert.

Coiffeur-maquilleur

POUR VOTRE JOUR J, TOUT DOIT ÊTRE PARFAIT, EN PASSANT PAR VOTRE MISE EN BEAUTÉ. POUR CELA, CONFIEZ CETTE TÂCHE À UN PROFESSIONNEL À DOMICILE QUI AU COURS D'UN ESSAI SAURA IDENTIFIER ET RÉALISER LE STYLE DE MAQUILLAGE ET DE COIFFURE QUI VOUS CORRESPOND.

Le coiffeur

1. Faire du repérage

Avant toute chose, vous avez très certainement une vague idée de la coiffure que vous souhaiteriez pour votre mariage. Afin de préciser cette image ou dans le cas où vous seriez réellement en panne d'inspiration, faites un tour sur Internet, sur les blogs de mariage ou feuilletez des magazines. Conservez les photos de coiffures qui vous plaisent, ou au contraire que vous n'aimez pas du tout. Une fois votre coiffeuse sélectionnée et les rendez-vous pris, communiquez-les-lui ou bien apportez-les le jour de l'essai. De cette façon, elle sera en mesure de mieux cerner votre personnalité et vos attentes afin de réaliser LA coiffure pour votre si beau jour!

2. Prendre en photo sa robe de mariée

Effectivement, apporter une photo de votre robe de marié, ou bien la décrire, permettra à la ou au professionnel(le) d'adapter votre coiffure. Les épaules seront-elles dégagées? Y aura-t-il un décolleté? En quelle matière est-elle? Toutes les réponses à ces questions peuvent être très utiles afin de cibler la coiffure qui vous ira à merveille. D'autres petits détails comme le fait de porter des accessoires, un voile sont également bons à prendre en compte!

3. Quelle coiffure pour votre mariage ?

Que votre mariage suive le thème rétro, bucolique ou qu'il soit plus tourné vers l'élégance, votre coiffure ne sera pas la même! Faites en sorte de trouver celle qui correspondra le mieux à votre thématique. Par exemple, vous pourriez ajouter des fleurs ou une couronne fleurie à votre coiffure.

Quelques petits conseils avant le jour J

- Tous les matins, pensez à boire un grand verre d'eau tiède avec un jus de citron.
- Nettoyez votre visage tous les jours, matin et soir.
- Épilez vos sourcils une semaine à l'avance pour qu'ils aient la forme que vous désirez et pour éviter les rougeurs.
- Et buvez beaucoup d'eau!
- Vous pourrez bien entendu aller faire un soin en institut une semaine avant, mais prenez le temps de prendre soin de vous avant votre mariage, vous n'en serez que plus ravissante.

Bride

Le maquilleur

1. Faire du repérage

Tout comme pour votre coiffure, faites des recherches sur le maquillage de mariée. La mise en beauté est tout aussi importante afin de mettre votre visage en valeur le jour J! Le professionnel souhaitera par exemple savoir si vous comptez opter pour quelque chose de plutôt naturel ou bien un peu plus chargé pour l'occasion. Nous vous conseillons de planifier un essai avant le mariage afin de tester les produits et d'identifier le maquillage idéal.

2. Indiquer vos préférences

N'hésitez pas à indiquer vos marques de produits préférées ou celles avec lesquelles vous avez l'habitude de vous maquiller. Bien souvent, le professionnel utilisera ses propres marques, mais cela lui permettra non seulement de vous conseiller mais aussi de s'adapter à vous, notamment si votre peau réagit à certains produits!

Enfin, n'oubliez pas que cette mise en beauté sera réalisée pour le plus beau jour de votre vie, alors que ce soit pour la coiffure ou le maquillage, n'hésitez surtout pas à dire ce qui ne vous plaît pas, au risque d'être déçue!

Pour les mariages, de plus en plus de professionnels de la mise en beauté offrent leurs prestations à domicile, un gain de temps et un confort non négligeable le jour J! Certains prestataires proposent même ces deux prestations dans un même forfait. Faites donc un tour sur Internet ou renseignez-vous auprès de toutes jeunes mariées afin d'obtenir des contacts. Votre wedding planner peut également se charger de cette recherche en vous sélectionnant des maquilleurs et coiffeurs de qualité se déplaçant dans le secteur choisi.

Demandez-leur leur disponibilité, et peut-être que votre maman voudra elle aussi se faire coiffer, et pourquoi ne pas offrir le maquillage à vos témoins? Le timing ne sera pas le même, précisez-le suffisamment tôt à vos prestataires.

Trucs de Beauté

Vous souhaitez avoir une peau plus souple et plus douce pour le jour de votre mariage mais vous n'y connaissez pas grand-chose en soin… Vous ne voulez pas acheter un soin en grande surface, ni un soin bio hors de prix! Alors pourquoi ne pas vous laisser tenter par un gommage fait maison avec ce que vous avez à disposition dans vos placards?

À chaque ingrédient, son soin !

On vous dit tout, mais surtout ne faites jamais des soins la veille au risque d'avoir une réaction aux produits, catastrophique pour votre jour J!

- À base de sel marin: massez sur votre peau humidifiée l'équivalent d'une cuillère à café de sel marin et laissez agir le soin pendant 10 minutes, puis rincez abondamment.
- À base de miel: en évitant les yeux, faites des mouvements circulaires sur votre visage avec du miel en insistant sur le front, les ailes du nez et le menton.
- À base de café: mélangez du café en poudre à de l'huile d'olive! Ce soin est idéal pour bien réhydrater votre visage tout en gommant la peau. Rincez le soin à l'eau tiède.
- À base de graines de lin: écrasez l'équivalent d'une cuillère à soupe de graines de lin afin de les mélanger à votre lait démaquillant de tous les jours. Après avoir nettoyé et humidifié visage et cou, massez délicatement la peau en faisant des cercles. Rincez bien.
- À base de sucre: mélangez une cuillère de sucre en poudre, une cuillère d'huile végétale et un filet de citron, puis appliquez-les sur le visage et le cou. Massez longuement votre peau jusqu'à ce que le sucre fonde. Rincez délicatement à l'eau tiède. Vous pouvez, pour un gommage parfumé, ajouter une goutte d'huile essentielle de citron ou de pamplemousse.
- À base de fruit: découpez et écrasez un petit morceau d'ananas afin de filtrer le jus. Mélangez-y 1 cuillère à soupe d'huile de tournesol afin d'obtenir une pâte. Massez ensuite cette pâte sur le visage et le cou et laissez poser une dizaine de minutes avant de rincer.
- À base de légume: mixez la moitié d'un concombre pelé, sans oublier de retirer les pépins. Ajoutez 2 cuillères à soupe de yaourt nature et 2 gouttes d'huile essentielle de lavande. Après avoir mélangé ce soin, appliquez-le sur tout le visage et laissez-le agir 15 minutes. Rincez ensuite abondamment à l'eau tiède.

La tenue du marié

NON, MESSIEURS, NOUS NE VOUS OUBLIONS PAS ! PARCE QUE VOUS AUSSI, AU MÊME TITRE QUE LA MARIÉE, VOUS ÊTES LA STAR DE CE GRAND JOUR QU'EST VOTRE MARIAGE, VOUS VOUS DEVEZ D'ÊTRE LE PLUS BEAU… ET CELA PASSE BIEN ÉVIDEMMENT PAR VOTRE COSTUME !

Tout d'abord, exit les costumes à rayures, au risque de passer pour une personne se rendant au bureau! On reste sur un beau costume uni, avec des matières nobles.

Pensez à votre morphologie et suivez quelques règles simples

- Vous êtes grand et longiligne: pour gagner en volume, optez pour une veste légèrement plus longue que la normale et choisissez un pantalon à coupe droite.
- Vous êtes petit et de corpulence généreuse: oubliez les vestes longues et les pantalons à pinces. Restez dans la simplicité, pour allonger votre silhouette.
- Vous êtes plutôt athlétique: là encore, attention à ne pas gonfler inutilement votre silhouette en multipliant les épaisseurs. Optez pour une veste cintrée, et bien sûr sans épaulettes!

N'oubliez pas que, quel que soit le costume que vous choisirez, l'important est que vous vous sentiez à l'aise, et qu'il reflète votre personnalité.

Le costume sur mesure : laissez-vous tenter, messieurs !

Comme la robe, le costume du marié est une grande préoccupation: costume classique, redingote… un vrai casse-tête! Alors pourquoi ne feriez-vous pas comme votre compagne? Le sur-mesure est à la portée de tous, n'écoutez pas les on-dit! Même si l'on en trouve de très beaux en prêt-à-porter, pour un tombé impeccable, seul le sur-mesure vous satisfera réellement.

- Le délai est généralement de trois à quatre mois avec deux à trois essayages et un devis établi lors du premier rendez-vous. Le prix? Tout dépend du créateur, du choix du costume, du tissu, et de vos exigences.

- **Le créateur est à votre écoute et réalise tous vos choix! Envie d'accessoires? Chemise, gilet, cravate, ascot, boutons de manchette, souliers... Tout est réalisable pour pouvoir finaliser entièrement votre costume!**
- **Alors *go* messieurs, pour un ensemble complet, raffiné et stylé!**

Le nœud pap'

Le nœud papillon a été le rejeté de la garde-robe masculine pendant quelques années. Bonne nouvelle, il est le nouveau *must-have* pour tout *it-man* qui se respecte. Messieurs, pour être élégant, moderne et original, choisissez sans hésitation le nœud papillon!

Le nœud pap', d'où vient-il ?

Difficile de définir exactement la date et l'auteur de la création du nœud papillon. En effet, il s'agit d'une variante du nouage de la cravate. Pour certains, il aurait existé avant la cravate, pour d'autres, il s'agirait d'une déclinaison moderne du jabot. Quoi qu'il en soit, le nœud papillon est réellement découvert et baptisé de la sorte par le grand public en 1904 lors de l'opéra *Mme Butterfly* de Puccini. Cependant, le nœud papillon a longtemps été assimilé aux tenues de soirées ou au comique des clowns. Ainsi, rares sont les hommes qui osent porter quotidiennement le nœud papillon. Néanmoins, on lui reconnaît un aspect pratique, il ne trempe pas dans l'assiette, ne peut se coincer dans les portes, etc.

La revanche du nœud pap'

C'est dans les années 2000 que le nœud papillon se démocratise et devient un réel accessoire de mode en vogue. Les créateurs Alexis Mabille et Alber Elbaz remettent au goût du jour le nœud papillon, et le font apparaître dans les collections des grandes maisons comme Lanvin, Dolce & Gabbana, Ralph Lauren, et Sonia Rykiel. Que ce soit pour un look *preppy* ou *neo dandy*, le nœud pap' apporte sa touche chic et excentrique qui vient sublimer le look. Vedette des grandes cérémonies comme les Oscars, il est très porté par les stars.

Un nœud pap' pour le marié

À la fois discret et élégant, le nœud papillon apporte une touche de modernité à la tenue du marié. Moins strict qu'une cravate, plus contemporain qu'une lavallière, le nœud papillon s'adapte à toutes les personnalités des futurs mariés. En effet, bien qu'il existe des nœuds papillons classiques, la tendance est à la customisation. Ainsi, le nœud papillon se décline en différents imprimés, mais aussi en une variété de matières parfois très originales comme le bois, le cuir ou encore le liège pour les plus écolos.

Le nœud sera unique, et si vous décidez d'un *dress code* pour vos témoins, le nœud papillon devra être en harmonie mais différent de celui du marié!

Comment bien le choisir ?

Choisir le nœud pap' qui mettra le plus en valeur votre tenue le jour J n'est pas une tâche à prendre à la légère. En effet, il est important d'accorder son nœud papillon au code couleur choisi pour le mariage afin de créer une harmonie avec la décoration générale de la fête. Pour être plus pointilleux, le nœud pap' peut s'accorder avec le thème choisi, la couleur du costume du marié, le bouquet de la mariée ou tout autre élément qui pourrait créer une union visuelle dans le couple. Attention, il faut également prendre en compte les caractéristiques physiques du marié comme sa couleur de peau ou sa couleur de cheveux pour bien choisir son nœud papillon. Messieurs, vous savez maintenant ce qu'il vous reste à faire...

Les dessous

TOUTES LES FEMMES SE SENTENT BELLES ET SÉDUISANTES LORSQU'ELLES PORTENT DE JOLIS DESSOUS. LE JOUR DE VOTRE MARIAGE, IL SERA INDISPENSABLE DE BIEN CHOISIR VOS SOUS-VÊTEMENTS.

Vous vous dites peut-être «La lingerie n'est pas le plus important, portons notre attention sur le choix de la robe» ou encore «un soutien-gorge sans bretelle fera l'affaire pour ma robe bustier»... Eh bien, détrompez-vous! Alors que beaucoup de jeunes femmes passent à la trappe cette partie cachée de la tant attendue robe de mariée, il est temps de vous prouver le contraire!

Un meilleur maintien et une silhouette de rêve: c'est grâce à la lingerie que votre robe de mariée sera mise en valeur. Que vous soyez mince ou pulpeuse, il est primordial de ne pas ternir le rendu de votre tenue et de vous mettre en valeur jusqu'au bout. Guêpières, corsets, culottes taille-haute et gainantes, tout ça pour un port de reine ou de diva.

Une lingerie adaptée à votre tenue: dos nu, tour de cou, décolleté plongeant ou bustier cœur, nombreux sont les modèles et votre lingerie doit être adéquate afin d'être invisible et vous offrir un confort optimal. Soutien-gorge aux bretelles amovibles, porte-jarretelles ultra-confort, tout est réalisé dans le but que ces fines parcelles de tissu se fassent oublier durant le jour J. Il existe même aujourd'hui un soutien-gorge invisible, fait de coques siliconées qui adhèrent à la peau et rendent votre décolleté inoubliable.

Confort avant tout

- Optez pour un confort optimal, et ne changez pas trop vos habitudes. Si vous n'êtes pas adepte des strings, ne vous hasardez pas à en porter le jour J. Vous préférez le coton, ne changez rien, au risque que cela vous démange toute la journée. Vous devez être belle, mais à l'aise... N'oubliez pas, la journée et la soirée vont être longues!
- Prévoyez des dessous pour faire rougir votre homme dès le premier soir: alors qu'avant la combinaison était de rigueur, la lingerie nuptiale a pour but de faire de vous la plus belle et, ce, même une fois votre robe de mariée enlevée. Push-up et guêpière sauront avec élégance vous mettre en avant.
- Des matières et des modèles plus originaux: soie, coton d'Égypte et dentelle, tels sont les tissus précieux qui orneront vos sous-vêtements.

Blanc évidemment !

- Oubliez la couleur, le blanc est vraiment de mise sous votre robe.
- Et si vous trouvez le noir *so chic* ou la couleur rouge *so sexy*, optez pour une parure spéciale pour votre nuit de noces pour impressionner votre époux. C'est sûr que la couleur chair de vos dessous est parfaite sous votre robe mais pas très glamour, alors soyez audacieuse pour la suite...

Les chaussures

CHOISIR SES CHAUSSURES DE MARIÉ(E) PEUT PARAÎTRE SECONDAIRE DANS VOS PRIORITÉS. NÉANMOINS, FAITES ATTENTION À NE PAS MINIMISER CE CHOIX, CAR IL VA SE RÉVÉLER PRIMORDIAL POUR VOTRE CONFORT LE JOUR J.

Les mariés doivent se sentir bien dans leurs baskets car ils vont passer la journée à piétiner et la soirée à danser jusqu'au bout de la nuit! De plus, lors de leur grand jour, ils sont censés être élégants et souriants, or une mauvaise paire de chaussures peut facilement faire perdre son sourire et son aisance à n'importe qui!

Les chaussures de la mariée

Généralement choisir ses chaussures est une vraie partie de plaisir pour la mariée.

- C'est bien connu: les femmes adorent les chaussures! Cependant attention à ne pas vous focaliser uniquement sur l'esthétique au point d'en oublier votre confort! Vous ne pouvez pas faire cette impasse.
- Vous devez vous sentir très à l'aise dans vos chaussures de mariée: vous allez passer une grande partie de la journée debout à vous déplacer pour saluer vos invités. Ce qui est génial pour vous, c'est que vous allez pouvoir vous permettre un brin de folie sur vos pieds. Si vous avez choisi une grande robe longue, laissez votre personnalité s'exprimer, tout en pensant à votre confort: vos chaussures ne se verront quasiment pas.
- Misez sur la couleur, les motifs, les paillettes: faites-vous plaisir! La bonne nouvelle, c'est que le blanc s'accorde avec tout. Ainsi, même si vous n'avez pas choisi une robe assez longue pour cacher vos pieds, vous pouvez vous permettre une touche d'excentricité, mais là le design reste important. Nous vous conseillons de faire vos essayages de robe de mariée avec vos chaussures, pour pouvoir ajuster la longueur de la robe et vous rendre compte du rendu visuel de l'ensemble. D'ailleurs si vous choisissez des escarpins, faites attention à la hauteur du talon et entraînez-vous régulièrement à marcher avec chez vous (pour ne pas les abîmer). Vous devez vous sentir à l'aise et avoir une démarche confiante pour votre jour J.

Conseil

•Portez vos chaussures pendant le mois avant le jour J.
• Si vous sentez que vous ne supporterez pas vos chaussures toute la journée, ou pour assurer encore plus de confort et pouvoir danser librement toute la nuit, pensez à prévoir une paire de rechange!
• Ce conseil est valable pour Madame et également pour Monsieur!

Les chaussures du marié

Les chaussures du marié

Messieurs, vous avez maintenant de grandes libertés pour choisir vos chaussures! En effet, la modernité de notre époque permet au marié de porter des baskets le jour J. Le décalage entre le chic du costume et l'aspect décontracté des baskets est assez intéressant visuellement et peut donner un look très stylé et dans l'air du temps. Si vous faites ce choix, attention cependant à la paire que vous choisissez: il ne faut pas qu'elle fasse trop *running* non plus! De plus, elles doivent impérativement être propres et en bon état. Les baskets sont une valeur sûre en termes de confort. Néanmoins, vous pouvez également choisir une paire plus classique en cuir. Dans ce cas-là, faites attention à la couleur de votre costume en choisissant vos chaussures afin de créer un ensemble harmonieux. De plus, pensez également à votre confort, et n'hésitez pas à assouplir vos chaussures en marchant avec chez vous.

Dresscode

Les demoiselles d'honneur

Peut-être avez-vous envie de préparer quelque chose de particulier avec vos plus grandes copines, sans pour autant tomber dans le ridicule ou leur imposer un choix qui ne leur plairait pas. Il s'agit d'un juste milieu entre code vestimentaire et goûts personnels.

Pour être certaine de faire le bon choix, une seule solution: discutez-en avec vos amies. Que pensent-elles des robes identiques, du code couleur, sont-elles fans des accessoires très féminins?

Faites-leur part de vos envies, de ce que vous aviez imaginé, observez leurs réactions et écoutez leurs idées. Cet échange vous permettra d'avoir de nouvelles idées peut-être et en tout cas de trouver ce qui fera plaisir à tout le monde.

La robe identique

Effet visuel garanti! Malheureusement, cela ne laisse pas beaucoup de choix à vos amies, cependant si vous la choisissez ensemble tout le monde sera ravi. Attention cependant, toutes les robes ne s'adaptent pas à toutes les morphologies, ce n'est peut-être pas l'idéal si vos demoiselles d'honneur sont très différentes les unes des autres.

Un code couleur

Cette option vous permet de laisser d'avantage le choix à vos amies qui pourront porter un modèle de robe qui colle à leur morphologie tout en formant un groupe homogène par le coloris. Dans ce cas, vous avez deux possibilités: établir très précisément une couleur ou choisir un thème coloré qui permettra de créer un dégradé avec les différentes robes.

Une thématique

De la même façon, vous pouvez choisir une thématique qui guidera vos *bridesmaids*, tout en leur laissant le choix. Par exemple: une robe dans les tons pâles, ou à l'inverse une robe très colorée, une robe en dentelle, une robe à fleurs, une robe à motifs... à vous d'adapter la consigne au thème de votre mariage!

On accessoirise

Si vous ne souhaitez pas imposer de règles dans le choix de la robe, vous pouvez jouer sur les accessoires. Un bracelet de fleurs très féminin pour chacune, ou une couronne de fleurs pour agrémenter les coiffures de vos amies seront plus discrets mais permettront tout de même de les démarquer du reste des invités avec délicatesse.

Les garçons d'honneur

Le costume

Vous pouvez imposer une couleur de costume à tous vos garçons d'honneur, du plus bel effet visuel, mais attention car tous n'ont peut-être pas le budget pour se racheter un costume.

Les accessoires

Misez sur des cravates ou des nœuds papillon identiques, des bretelles ou, pourquoi pas, sur un chapeau ou des chaussettes de la même couleur pour le fun.

Les invités

Il est compliqué d'imposer un *dresscode* pour tous vos invités. Si vous y tenez, optez pour des choses simples que chacun pourra trouver et porter facilement.

La couleur

Ne demandez pas une couleur précise, mais plutôt des déclinés comme des couleurs vives si vous voulez un mariage coloré.

Les chapeaux

Pour un mariage chic, vous pouvez opter pour un mariage chapeauté. Seuls les hommes devront se décoiffer pendant la cérémonie.

ORGANISER MON MARIAGE
C'EST DEMAIN

Les petits trucs *à prévoir*

Lors de votre grand jour, tout se passera à merveille. Cependant, il y aura sûrement quelques imprévus. Afin d'éviter une montée d'angoisse, tout à fait improductive pour gérer la crise (crise qui, soit dit en passant, n'est juste qu'un petit détail qui ne dérange que vous, mais que voulez-vous le stress prend le dessus dans ce genre de situation!), nous vous conseillons de prévoir des kits de secours contenant tout le matériel nécessaire pour gérer les imprévus techniques. Voici la liste des différents indispensables à avoir au cas où. Confiez ces kits à vos témoins ou à vos demoiselles d'honneur.

Petits kits de secours

Kit de la mariée

La mariée doit être à son apogée tout au long de la journée jusque tard dans la nuit, car elle est la cible principale de l'attention de tous les invités. Voici quelques bricoles qui l'aideront à être toujours au top et qui pourront l'aider en cas d'imprévus.

- **Dans une trousse, prévoyez du fil blanc, plusieurs aiguilles, épingles à nourrice et des petits ciseaux en cas d'un besoin de retouche sur la robe par exemple.**
- **Mettez également des pansements (dont ceux pour les ampoules) et des mouchoirs.**
- **Afin d'assurer une retouche makeup, l'essentiel est de mettre le rouge à lèvres, le blush et le mascara dans votre trousse, accompagnés d'un miroir de poche.**
- **Pour que votre coiffure tienne jusqu'au bout, vous aurez besoin de barrettes clips et plates, ajoutez des élastiques et de la laque.**
- **Si vous le pouvez, glissez dans la trousse un éventail pliable pour vous donner de l'air.**
- **Prévoyez également du déodorant et du parfum, histoire de toujours sentir bon. Vous pourrez ainsi être toujours élégante et rayonnante.**

Kit déco

Afin de gérer des problèmes de décoration, préparez un kit spécial avec les outils indispensables. Prévoyez: adhésif double face, adhésif, crayons, ciseaux, punaises, kit couture (fil, aiguilles, épingles à nourrice), Nylon, ficelle, rubans (dans les couleurs de votre thème), briquets ou allume-feu. Cette liste n'est pas exhaustive et vous pouvez l'adapter en fonction de votre décoration.

Kit de secours

Cette belle journée que vous vous apprêtez à vivre va sûrement vous causer des montées de stress, d'autant plus lorsque la date approche ou même le jour J. Notre ami le stress est joueur et peut vite s'exprimer à travers des douleurs dans notre corps comme des maux de tête ou des maux de ventre ou même des nausées. Dans une trousse, prévoyez plusieurs médicaments pour les maux classiques. En cas de prise, attention à bien respecter les dosages indiqués et lisez la notice d'utilisation. De plus, ajoutez des pansements, quelques compresses et des paquets de mouchoirs. Vous pouvez également mettre quelques protections féminines, ça pourra peut-être dépanner l'une de vos invitées. Si vous vous mariez l'été, il risque de faire très chaud, vous pouvez donc acheter quelques brumisateurs d'eau pour vous rafraîchir. Complétez la trousse avec des gels hydroalcooliques, toujours utiles et pratiques.

MIEUX VAUT PRÉVENIR QUE GUÉRIR. TOUTES CES PETITES CHOSES NE VOUS SERVIRONT PEUT-ÊTRE PAS (ET HEUREUSEMENT). MAIS EN CAS D'IMPRÉVU, VOUS SEREZ ARMÉE POUR FAIRE FACE. PRÉVOIR CES DIFFÉRENTES TROUSSES PERMETTRA DE VOUS RASSURER ET DE VOUS SENTIR PLUS SEREINE LE JOUR J.

C'EST DEMAIN

La veille

Ça y est, on y est, c'est demain! Il est tout à fait normal de ressentir du stress et de l'appréhension à l'approche de ce fameux jour J. Après plus d'un an de préparatifs, d'organisation, sans compter la symbolique de l'engagement que cela représente, vous ressentez fortement la pression. Cela est tout à fait humain, donc ne paniquez pas en ressentant toutes ces émotions. En effet, tous les futurs mariés passent par cette période stressante. La veille de votre mariage, tous ces sentiments peuvent être exacerbés.

Pofiter de ce jour pour...

Se couper de l'organisation

À J-1, essayez au maximum de vous couper de l'organisation de votre mariage. C'est le même principe que lorsqu'on passe un examen, on dit qu'il n'est pas utile de réviser la veille mais qu'il vaut mieux se vider la tête et penser à autre chose. En effet, le plus gros de votre organisation a été réglé pendant toute votre année de préparatifs, il ne s'agit plus que des derniers détails ou des imprévus, alors permettez-vous de souffler.

Pour pouvoir profiter de ce moment de calme avant la tempête, vous devez avoir délégué les derniers détails à régler auprès de vos témoins, amis ou parents. Par exemple, pour la mise en place de votre décoration, essayez de prévoir et de réunir tout le matériel nécessaire 15 jours ou 1 semaine avant le mariage. Réalisez une table type avec votre décoration installée exactement comme vous le souhaitez, prenez-la en photo. Vos amis ou témoins s'appuieront sur cette photo pour réaliser toute la décoration des tables. Vous pourrez ainsi confier sereinement la mise en place de votre salle de réception. Si vous êtes une personne plutôt perfectionniste et exigeante, demandez à votre lieu de réception s'il est possible d'installer toute la décoration 2 jours avant le mariage. Cela vous permettra d'avoir un œil sur ce qui se passe, et pourra peut-être vous rassurer.

De plus, transmettez à tous vos prestataires le téléphone de vos témoins et dites-leur de faire appel à eux la veille du mariage.

Se détendre et prendre soin de soi

Une fois que vous avez réussi à vous détacher de l'organisation, videz-vous la tête et détendez-vous. Pour cela, prenez du temps pour prendre soin de vous: allez en institut vous faire masser et chouchouter. Relaxez-vous avec un bon livre, regardez votre film préféré, allez faire du shopping avec vos amies. Faites des choses qui vous procurent du plaisir et vous permettent de vous détendre. La veille, évitez la fête avec vos potes. Essayez de pratiquer la méditation, afin de gérer votre stress, de mieux appréhender vos émotions et de profiter du moment présent. Pour vous entraîner, mettez-vous à la méditation. Si vous pratiquez 5 minutes de méditation chaque matin, la semaine du mariage ou même avant, vous arriverez mieux à gérer vos émotions et à lâcher prise lorsque le stress pointe le bout de son nez. Pensez à manger équilibré pour faire du bien à votre corps, et surtout couchez-vous le plus tôt possible. Une bonne nuit de sommeil est essentielle pour se réveiller dans les meilleures conditions possibles le jour de votre mariage.

N'OUBLIEZ PAS DE RESPIRER, VOUS ALLEZ VIVRE UNE JOURNÉE MÉMORABLE, INTENSE ET FORMIDABLE.

ORGANISER MON MARIAGE

C'EST LE GRAND JOUR

Déroulé de la journée

Peu de mariages commencent le matin. En effet, vous devriez offrir le déjeuner et le dîner à vos invités et vous lever aux aurores pour vous préparer! Préférez donc un démarrage en début d'après-midi avec par exemple un rendez-vous à la mairie à 14 h. Vous pouvez aussi prévoir la mairie en petit comité le matin et votre cérémonie l'après-midi.

Le marié doit arriver une demi-heure en avance pour accueillir les invités que ce soit sur le parvis de l'église, devant la mairie ou le lieu de réception. La mariée n'arrive qu'un quart d'heure avant et reste cachée jusqu'à la découverte.

Les temps de cérémonie sont assez variables, cela peut aller de 5 minutes pour les plus courtes, à plus de 20-25 minutes pour les mairies dans des villes plus petites. À l'église, tout dépend si vous choisissez une messe ou une bénédiction, de 30-45 minutes à 1 h 30. Une cérémonie laïque de 30 minutes à 1 h.

Pensez au timing à la sortie de ces cérémonies, où tout le monde vient vous féliciter, où l'on prend les photos de groupe... Cela peut durer une bonne demi-heure parfois.

Dans le déroulé de la journée, il est indispensable de tenir compte des temps de trajet. Temps entre le lieu de cérémonie et celui de réception mais en comptant large... Car vous aurez forcément des invités qui ne retrouveront pas leur voiture, ceux qui préféreront marcher, ceux qui se perdront, etc. Mais il n'y a pas que les trajets, tous les déplacements sont à prendre en considération. Ainsi, si vous faites un cocktail extérieur, comptez 20 minutes pour faire entrer 100 personnes en salle: eh oui, vous aurez ceux qui finissent leur verre, ceux qui partent faire autre chose, ceux qui finissent leur conversation...

La séance photo: si vous ne voulez pas que cela s'éternise, il est indispensable de créer des groupes préalables que vous confierez à votre témoin par exemple afin que l'enchaînement des groupes se fasse vite en appelant les personnes au fur et à mesure. Misez sur un minimum de 30 minutes et 40 minutes en tête à tête pour vos photos de couple. Il est donc fort à parier que vous allez rater une partie des amuse-bouches de votre cocktail, à moins que vous ne trouviez un créneau pendant le trajet ou à un autre moment de la journée, le photographe vous préconisera toujours les plus belles photos 1 h 30 avant le coucher du soleil.

Exemple de journée

Exemple de déroulé

- 10h00 : arrivée du photographe-vidéaste
- 10h00 : maquillage-coiffure
- 12h00 : pause déjeuner
- 12h30 : passage de la robe
- 13h30 : départ de la mariée pour la mairie
- 13h30 : arrivée du marié à la mairie et accueil des invités
- 13h45 : arrivée de la mariée à la mairie
- 14h : mairie
- 14h20 : sortie de la mairie
- 14h50 : départ pour la cérémonie religieuse ou laïque
- 15h30 : arrivée à la cérémonie
- 15h45 : cérémonie
- 16h45 : fin de la cérémonie
- 17h30 : arrivée sur le lieu de réception
- 18h00 : vin d'honneur-cocktail
- 20h00 : repas
- 23h00 : pièce montée

Il ne s'agit là que d'un exemple dépendant des temps de déplacements, du nombre d'invités et des animations potentielles que vous aurez choisies.

Quoi qu'il en soit, posez les heures et respectez-les. Il peut bien sûr y avoir quelques dérapages, mais sachez que tous vos prestataires sauront parfaitement ajuster le timing. Inutile de stresser pour un petit retard, ils sauront faire en sorte de s'adapter pour que tout se passe à merveille sans que pour autant, vous preniez la pièce montée à 2 h du matin.

Mon planning

HEURE	DURÉE	QUI/PRESTATAIRE	QUOI	OÙ
		LA VEILLE		
		LE JOUR J		
		LE LENDEMAIN		

Mes contacts

	NOM PRÉNOM	TÉLÉPHONE	MAIL	COMMEN-TAIRES
Témoin				
Témoin				
Témoin				
Témoin				
Parent				
Parent				
Parent				
Parent				
Lieu de la réception				
Traiteur				
Photographe				
Vidéaste				
DJ				
Officiant de cérémonie				
Baby-sitter				

- **Fiche à remplir et à laisser à vos témoins et à toute personne importante de votre mariage.**
- **En cas de retard d'un prestataire, ce ne sera pas à vous de gérer !**
- **Laissez-vous porter et laissez les informations à tous ceux qui sont en mesure de prendre ce stress pour vous et gérer les petits impondérables.**

Le matin

CELA FAIT UN AN QUE VOUS ÊTES À FOND, ALORS LE MATIN DU GRAND JOUR, PROFITEZ. EN BONNE ORGANISATRICE, VOUS AUREZ PRÉALABLEMENT APPELÉ TOUS VOS PRESTATAIRES, VOUS AUREZ DÉLÉGUÉ À VOS PROCHES ET/OU TÉMOINS CE QU'IL Y AURAIT À FAIRE, VOTRE PLANNING EST PRÊT. ALORS NE VOUS SOUCIEZ DE RIEN ET SURTOUT NE PRÉVOYEZ PAS LE MATIN DES CHOSES À FAIRE, COMME EMPORTER LES VINS À VOTRE TRAITEUR, DÉPOSER LES PANIERS DE VOTRE CÉRÉMONIE À LA FLEURISTE, ETC. NON, NON, NON !

- Levez-vous tranquillement, ni trop tôt, ni trop tard et installez-vous devant un copieux petit-déjeuner, la journée va être longue! Et le déjeuner, sûrement sur le pouce entre votre coiffure et votre maquillage, ne sera pas suffisant.
- Certains futurs mariés respecteront la tradition de ne pas dormir au même endroit la veille de leur jour J, c'est plutôt bien car cela vous évitera de vous soucier de votre futur. Cette matinée, elle est à vous pour vous faire la plus belle. Ces préparatifs sont vraiment des instants importants, alors ne pensez pas à la suite et laissez-vous faire.
- Prenez une bonne douche et parez-vous d'un magnifique déshabillé. Vous souhaitez partager ce moment avec vos copines, excellente idée, toutes en magnifiques peignoirs pour un moment magique, plein de rires et de confidences!
- Rassurez-vous, votre futur le fera aussi avec ses potes, mais bien sûr cela sera un peu plus expéditif, et sans partager la couleur de leur vernis à ongles.
- Prévoyez une pièce assez grande, avec fauteuils, assises pour tout le monde, des petites tables pour les accessoires et bien sûr un miroir pour vous quand arrivera le coiffeur-maquilleur.

VOILÀ, IL N'Y A PLUS QU'À ATTENDRE 10H ET L'ARRIVÉE DU PHOTOGRAPHE.

Gérer son stress

LE JOUR DE SON MARIAGE EST UN GRAND JOUR DE RASSEMBLEMENT, DE JOIE ET DE PARTAGE. CEPENDANT, CE JOUR EST ÉGALEMENT L'ABOUTISSEMENT D'UN TRAVAIL DE PRÉPARATION ACHARNÉ QUI DURE DEPUIS 1 AN. LA PRESSION POUR QUE TOUT SE PASSE BIEN COMME PRÉVU ET QUE VOS INVITÉS PASSENT UNE BONNE JOURNÉE EST DONC INÉVITABLEMENT DE LA PARTIE. DE PLUS, VOUS AUREZ ÉGALEMENT LE STRESS DE L'ENGAGEMENT QUE REPRÉSENTE LE MARIAGE EN LUI-MÊME, ET D'ÊTRE LE COUPLE STAR DE LA JOURNÉE.

Respirer

Lorsque vous sentez un pic de stress vous envahir ou que vous vous sentez contrarié(e), accordez-vous deux minutes: fermez les yeux et prenez le temps de respirer profondément. Faites une première inspiration et soufflez en relâchant toute la pression. Lorsque vous expirez, pensez que toutes les ondes négatives disparaissent loin dans les airs. Répétez plusieurs fois ces mouvements en amplitude et restez concentré(e) sur votre respiration. Cette technique vous permet de faire le vide autour de vous et de vous recentrer sur l'essentiel. En ouvrant les yeux, reprenez vos esprits et savourez le moment présent: n'oubliez pas qu'il s'agit de la célébration de votre amour et que c'est le plus important.

Penser de façon positive

Pratiquez la pensée positive. Dites-vous que votre mariage va bien se passer, qu'il y aura sûrement des imprévus mais qu'ils seront gérés sans soucis et que les festivités auront lieu dans la bonne humeur. Pensez que votre tenue vous met parfaitement en valeur, que vous aimez votre futur(e) époux ou épouse. Les bienfaits de la pensée positive ont déjà été prouvés: le positif attire le positif. Vos invités ressentiront votre bienveillance et vous la leur transmettrez. Ainsi, vous serez plus serein(e) et verrez les choses agréablement, si vous rencontrez des problèmes vous trouverez plus facilement les solutions. En faisant cela, vous modifiez votre façon de percevoir la vie et concentrez votre énergie sur ce qui vous fait du bien.

Déléguer et faire confiance

Vous avez choisi des témoins et/ou des demoiselles d'honneur. Leur rôle est de vous accompagner dans cette belle étape de la vie. Vous avez choisi ces personnes car elles sont très importantes à vos yeux. Elles sont très proches de vous et vous connaissent parfaitement. Vous les connaissez très bien aussi et vous avez confiance en elles. Déléguez-leur des missions le jour J. Vous aurez ainsi des personnes sur qui vous reposer et donc moins de choses à penser. Elles seront là dans les moments de stress pour vous rassurer et vous aider.

Enfin, n'oubliez pas de prendre du recul : il s'agit d'une fête joyeuse, il n'y a pas de raison de se prendre la tête. Les invités ne sont pas là pour vous juger mais pour partager ce beau jour à vos côtés. Si jamais vous vous sentez débordé(e) par l'organisation, faites appel à un(e) wedding planner et dites définitivement au revoir au stress : il(elle) sera là pour tout gérer, vous n'aurez plus qu'à profiter !

ORGANISER MON MARIAGE

ET APRÈS

Les jours *d'après*

NON AU WEDDING BLUES ! BIEN SÛR, IL EST TOUT À FAIT NATUREL D'AVOIR UN COUP DE MOU APRÈS UNE JOURNÉE AUSSI MERVEILLEUSE ET CHARGÉE EN ÉMOTION QUE CELLE DE VOTRE MARIAGE. L'IMPORTANT C'EST QUE CETTE PETITE PÉRIODE DE MOINS BIEN NE S'INSTALLE PAS DE FAÇON PERMANENTE. NOUS VOUS PRÉSENTONS DONC QUELQUES ASTUCES QUI VOUS AIDERONT DE FAÇON TRÈS PRATIQUE À ÉVITER CETTE PÉRIODE DE DÉPRIME POST-MARIAGE.

Tout d'abord, on anticipe cela avant le jour J. Ce qui est important, c'est de ne pas s'imaginer que le lendemain de votre mariage votre vie changera du tout au tout. Évidemment, le mariage est une grande étape, une nouvelle page que vous écrivez à deux! Mais bien souvent les futurs mariés habitent ensemble, ont parfois des enfants, et en somme étaient déjà en train de construire leur vie à deux. Il n'y a donc pas nécessairement de grands chamboulements au lendemain de cette fameuse journée.

L'organisation de votre mariage s'intensifie forcément dans les jours qui le précèdent. Vous y passez beaucoup de temps, il est dans votre esprit à tout instant et vous avez énormément de choses à faire et à penser. Une fois que le mariage est passé, cet emploi du temps de ministre va se calmer du jour au lendemain. Et ça peut faire

drôle, oui! Un calme soudain, et plus grand-chose à organiser. Alors il faut vous occuper et trouver de nouveaux projets à mener: préparation de la lune de miel, déménagement, décoration de votre intérieur, apprentissage d'une nouvelle discipline... Autant de moyens de continuer à vous occuper pour éviter de passer du trop-plein au vide.

Ne vous interdisez pas une douce nostalgie pour autant! Il est normal de repenser à votre joli jour avec un petit pincement au cœur. Vous pouvez prolonger un peu le plaisir en créant des albums photos, des films, en envoyant les remerciements, en partageant des photos personnalisées avec votre entourage... C'est un bon moyen d'effectuer une transition en douceur.

ENFIN, RETROUVEZ-VOUS À DEUX ! À BIEN Y REGARDER, PENDANT LES PRÉPARATIFS EFFRÉNÉS DU MARIAGE, VOUS N'AVEZ PAS NÉCESSAIREMENT LE TEMPS POUR DES MOMENTS EN TÊTE-À-TÊTE AVEC VOTRE MOITIÉ. ALORS, APRÈS LA RÉCEPTION, FAITES UNE PETITE PAUSE ET PROFITEZ DE CETTE NOUVELLE ÉTAPE EN DUO : LE MEILLEUR MOYEN DE NE PAS SUCCOMBER AU BLUES.

Le voyage *de noces*

TROP DE STRESS LIÉ À TOUTES VOS PRÉPARATIONS, PENSEZ À UN MOMENT RÉCONFORTANT : VOTRE VOYAGE DE NOCES. EN EFFET D'ICI QUELQUE TEMPS, VOUS SEREZ BIEN LOIN DE CETTE AGITATION ET CETTE PÉRIODE STRESSANTE SERA DERRIÈRE VOUS ! ALORS, LORSQUE L'ANGOISSE SE FAIT SENTIR, PRENEZ DU BON TEMPS ET FERMEZ LES YEUX POUR VOUS IMAGINER AVEC VOTRE NOUVEAU MARI, EN AMOUREUX... MAIS QUEL COIN DE LA PLANÈTE VOUS FAIT RÊVER ?

Le droit aux congés

Tout d'abord, saviez-vous que le fait de vous marier vous donne automatiquement le droit à des congés payés auprès de votre travail? En effet, selon le Code du travail, vous avez le droit à 4 jours de congés. Aucune exigence d'ancienneté n'est requise. Prévenez votre employeur suffisamment tôt pour bien organiser votre départ.

ET, BIEN SÛR, PRÉVOYEZ AUSSI SUFFISAMMENT TÔT VOS PASSEPORTS.

Lune de miel paradisiaque

Vous n'avez qu'une idée en tête: le soleil, l'eau turquoise, le farniente et des bons petits plats. L'idéal pour vous est de partir dans un de ces coins paradisiaques de la planète. Les grandes destinations favorites sont les Maldives, les Seychelles, l'île Maurice, Bali. Vous y trouverez des hôtels luxuriants où un personnel sera aux petits soins pour vous permettre un repos et une détente bien mérités.

Une autre idée de voyage serait de partir en croisière. Vous avez le choix entre les croisières caribéennes sur des navires majestueux ou des croisières plus intimistes comme par exemple une croisière safari en Afrique. Quoi qu'il en soit, le principe de la croisière vous assure un moment de pause dans votre vie et vous permet de découvrir des coins paradisiaques encore inexplorés.

Lune de miel découverte

L'idée du repos vous fait pâlir d'ennui, vous êtes plutôt du genre pile électrique, toujours à bouger par monts et par vaux, à la recherche de rencontres et de découvertes. Vous pouvez élaborer un voyage de noces qui vous ressemble et ainsi assouvir votre soif d'exploration.

Vous êtes un couple plutôt urbain? Pourquoi ne pas visiter une grande ville à l'autre bout du monde comme Tokyo, Singapour, Taïwan, Bombay, Moscou, New York ou Sao Paulo. En choisissant une de ces métropoles, vous êtes certains de ne pas vous ennuyer et de rencontrer des cultures complètement différentes.

Vous êtes plutôt un couple amoureux de la nature, vous êtes des aventuriers à la recherche de randonnées, de paysages à couper le souffle? Vous trouverez partout dans le monde ce genre d'aventures, néanmoins, nous vous conseillons de vous renseigner sur l'Islande, le Sri Lanka, la Nouvelle-Zélande, le Viet Nam ou le Costa Rica.

Pour bien choisir votre destination et votre type de voyage de noces, l'entente du couple est primordiale. Ainsi, nous vous conseillons de discuter avec votre moitié, de parler des rêves de voyage de chacun et d'en trouver un qui vous fasse autant rêver l'un que l'autre. Au vu des possibilités et de la grandeur du monde, vous devriez arriver à vous mettre d'accord. Et rappelons-le-nous, peu importe où vous serez, vous y serez à deux, et pouvoir partager ces moments-là est un cadeau pour votre couple. Profitez bien!

Remerciements

VOUS AVEZ PASSÉ UNE JOURNÉE DE MARIAGE MERVEILLEUSE ET VOUS ÊTES SI RECONNAISSANTS DE TOUTES LES ATTENTIONS TÉMOIGNÉES PAR VOS INVITÉS... L'HEURE EST VENUE DE LEUR DIRE UN GRAND MERCI AVEC DE JOLIES CARTES DE REMERCIEMENT.

Comment choisir ses cartes de remerciement mariage?

Choisissez vos cartes de remerciement avec le cœur, trouvez un modèle qui reflète à la fois votre personnalité et celle de votre mariage.

Vous avez eu un mariage bohème? Alors une carte de remerciement champêtre est parfaite pour vous. Couleur kraft, détails de dentelle, fanions bucoliques dessinés à la main, couronnes de fleurs ou bouquets, les cartes de remerciement champêtres sont pleines de ressources pour coller à votre définition du bucolique et à votre décoration de mariage.

Votre thème était élégant et minimaliste? Optez pour une carte de remerciement chic et sobre. Sur ces cartes, place à l'essentiel: vos photos sont mises en avant par un subtil «Merci» calligraphié à la main ou entouré de tirets et par de discrets détails de couronnes de fleurs ou un joli cadre.

Créer sa carte de remerciement mariage

Le plus important dans une carte de remerciement mariage? Les photos! Choisissez un modèle avec une seule photo ou multiphotos, afin de transmettre à vos invités encore plus de souvenirs de cette belle journée.

Quelles photos choisir ?

Généralement, les mariés mettent leurs photos de la séance de couple sur leurs cartes de remerciement. Mais vous pouvez aussi bien choisir de personnaliser votre carte en fonction de son destinataire et d'ajouter des photos de vous prises avec eux lors de votre mariage!

Et si vous souhaitez une carte de remerciement originale, n'hésitez pas à mettre les photos les plus drôles du mariage! Saut des mariés, éclat de rire… À vous de choisir!

Vous pouvez éventuellement préciser à votre photographe les plans spécifiques pour ces remerciements.

Quel texte de remerciement écrire ?

Après le choix des photos vient la rédaction de votre texte de remerciement. En quelques mots, il faut savoir transmettre l'émotion que vous avez eue à avoir tous vos proches réunis lors de votre mariage… Quel challenge! Heureusement pour vous, la plupart des cartes de remerciement viennent avec un modèle de texte que vous pouvez choisir de garder. Il ne vous reste qu'à remplir le texte avec vos informations personnelles: prénoms, date de mariage et petite touche personnelle. Cependant, si vous souhaitez être plus originaux, écrivez un poème, partez d'une citation ou inventez un acrostiche avec le mot merci! Le plus important reste cependant de rester sincère… et d'écrire avec le cœur!

Encore quelques démarches administratives

Changer de nom ?

- Prendre le nom de famille de son mari n'est pas une obligation! Vous pouvez conserver uniquement votre nom de jeune fille ou opter pour les deux noms séparés d'un trait d'union dans l'ordre que vous souhaitez.
- Vous devez remplir un simple formulaire si vous optez pour des solutions de noms d'usage autre que celui que vous portiez avant le mariage.
- Suite à ce changement de nom, vous devez en avertir les différents organismes publics comme la caisse d'assurance maladie, CAF, etc. Avertissez également votre employeur, les banques, assurances, mutuelles.

Les démarches obligatoires après le mariage

- Les impôts: vous allez désormais faire une déclaration commune. Votre changement de situation maritale est obligatoire et se fait très aisément sur votre compte en ligne avec la copie de votre livret de famille, remis en mairie.
- La Sécurité Sociale: si votre nom a changé, il vous faut avertir la CPAM afin de mettre à jour votre carte vitale. De plus, désormais mariés, vous pouvez bénéficier de la couverture sociale de l'autre.
- L'employeur: n'omettez pas de prévenir votre employeur et de lui transmettre votre certificat de mariage. De nombreuses entreprises, en fonction des conventions collectives, vous octroieront quelques jours de congés supplémentaires pour mariage. Si vous avez décidé de changer de nom, votre employeur s'efforcera aussi de modifier celui-ci sur vos fiches de paie et tous les supports liés à votre fonction (cartes, mails, adressage au standard…).
- La préfecture: le changement de nom sur les cartes grises est obligatoire. Mais vous avez le temps, vous pouvez le faire en ligne et cette modification est sans délai.
- La CAF: le changement de statut marital est obligatoire afin de recalculer vos droits si vous étiez bénéficiaires d'allocations.

LES DÉMARCHES NON OBLIGATOIRES MAIS CONSEILLÉES

La mutuelle

Une fois mariés, il vous est possible de bénéficier de la couverture santé proposée par la mutuelle de l'un ou de l'autre. Cela peut être intéressant de faire un comparatif de la mutuelle la plus avantageuse.

Changer vos papiers d'identité

Si vous avez changé de nom d'usage, muni d'un extrait de naissance de moins de 3 mois à demander en ligne ainsi que votre certificat de mariage, vous pouvez en mairie faire le changement de votre passeport et carte d'identité. Ne vous précipitez pas pour le faire, car si vous avez prévu un voyage de noces lointain, il ne faudrait pas que vous n'ayez pas les mêmes noms sur vos passeports et les billets que vous avez réservés!

Les banques et les assurances

Vous pouvez les informer de ce changement de statut marital, mais cela n'est pas obligatoire et ne change pas grand-chose. Vous pourrez bien sûr ouvrir ensuite un compte joint, mais là encore rien n'est obligatoire. Pensez simplement à préciser les bénéficiaires ou les procurations pour le compte de votre mari ou votre femme.

Vos contacts

Si votre réseau est important, si vous exercez une profession libérale ou simplement que vous avez une activité où tout le monde vous connaît sous votre ancien nom, nous vous conseillons de ne pas vous précipiter à le changer... cela pourrait parfois vous porter préjudice, vos contacts pourraient bien ne plus vous trouver.

Fêter ça encore *et encore*

CHAQUE ANNÉE, VOTRE AMOUR DEVIENT PLUS FORT ET VOTRE ANNIVERSAIRE DE MARIAGE EST L'OCCASION DE LE CÉLÉBRER. QUE VOUS RENOUVELIEZ VOS VŒUX, ORGANISIEZ UNE FÊTE OU JUSTE UNE SOIRÉE ROMANTIQUE EN TÊTE À TÊTE, DÉCOUVREZ LA SIGNIFICATION DE TOUTES LES NOCES ET TROUVEZ DES IDÉES POUR LES RENDRE ORIGINALES ET MERVEILLEUSES !

Votre mariage sera très certainement le plus beau jour de votre vie. Tous les ans, vous souhaiterez vous rappeler de cette journée magique durant laquelle vous vous êtes uni(e) pour la vie à votre moitié. Pour cela, vous aurez bien entendu toutes les photos des instants capturés, des vidéos mais aussi, afin de marquer le coup, vous pourriez très bien décider de célébrer cet anniversaire !

Que ce soit pour des noces de coton, de bois, de porcelaine ou d'or, il existe plusieurs façons de fêter votre anniversaire de mariage. Voici quelques idées.

Un cadre intimiste

Vous souhaitez partager cette journée uniquement avec votre moitié? Pourquoi ne pas opter pour un restaurant en amoureux dans un cadre romantique, l'occasion de se remémorer ce jour J autour d'un bon dîner!

Chaque année est bonne à célébrer, organisez une multitude d'activités à faire avec votre épouse ou époux: sport extrême, soins détente, visites culturelles, shopping... Faites ce qui vous plaît, l'objectif étant de passer simplement de bons moments avec votre moitié.

Pour les couples aventuriers ou voyageurs dans l'âme, partir pour un week-end peut être la solution pour marquer le coup. Voyage romantique à Venise, nuit insolite dans les arbres ou sur une péniche, découverte d'une ville européenne... évadez-vous le temps de quelques jours pour fêter votre union. L'occasion de vivre une deuxième lune de miel peut-être?

Célébrer son anniversaire entre amis

Se remémorer des souvenirs mais aussi en créer de nouveaux! Invitez vos témoins et votre famille autour d'un repas ou bien le temps d'un week-end pour célébrer l'événement. Tous seront heureux de partager ce moment avec vous et de se rendre compte que le temps file mais que votre amour est toujours aussi fort qu'à votre jour J!

L'occasion de faire une grande fête!

Lors des grandes années, 10 ans par exemple, organisez une réception festive pour célébrer vos années de mariage. En effet, ce sera l'occasion de renouveler vos vœux en organisant une cérémonie laïque suivie d'une soirée dansante qui vous rappellera cette journée magique en compagnie de tous vos proches. Nostalgie et émotions seront aux rendez-vous!

Anniversaires de mariage

- 1 an › Coton
- 2 ans › Cuir
- 3 ans › Froment
- 4 ans › Cire
- 5 ans › Bois
- 6 ans › Chypre
- 7 ans › Laine
- 8 ans › Coquelicot
- 9 ans › Faïence
- 10 ans › Étain
- 11 ans › Corail (Zinc)
- 12 ans › Soie
- 13 ans › Muguet
- 14 ans › Plomb
- 15 ans › Cristal
- 16 ans › Saphir
- 17 ans › Rose
- 18 ans › Turquoise
- 19 ans › Cretonne
- 20 ans › Porcelaine
- 21 ans › Opale
- 22 ans › Bronze
- 23 ans › Béryl
- 24 ans › Satin
- 25 ans › Argent
- 26 ans › Jade
- 27 ans › Acajou
- 28 ans › Nickel
- 29 ans › Velours
- 30 ans › Perle
- 31 ans › Basane
- 32 ans › Cuivre
- 33 ans › Porphyre
- 34 ans › Ambre
- 35 ans › Rubis
- 36 ans › Mousseline
- 37 ans › Papier
- 38 ans › Mercure
- 39 ans › Crêpe
- 40 ans › Émeraude
- 41 ans › Fer
- 42 ans › Nacre
- 43 ans › Flanelle
- 44 ans › Topaze
- 45 ans › Vermeille
- 46 ans › Lavande
- 47 ans › Cachemire
- 48 ans › Améthyste
- 49 ans › Cèdre
- 50 ans › Or
- 51 ans › Camélia
- 52 ans › Tourmaline
- 53 ans › Merisier
- 54 ans › Zibeline
- 55 ans › Orchidée
- 56 ans › Lapis-lazuli
- 57 ans › Azalée
- 58 ans › Érable
- 59 ans › Vison
- 60 ans › Diamant
- 61 ans › Platane
- 62 ans › Ivoire
- 63 ans › Lilas commun
- 64 ans › Astrakan
- 65 ans › Palissandre
- 66 ans › Jasmin
- 67 ans › Chinchilla
- 68 ans › Granite
- 69 ans › Mélèze
- 70 ans › Platine
- 75 ans › Albâtre
- 80 ans › Chêne
- 85 ans › Uranium
- 90 ans › Granite
- 100 ans › Eau

Conclusion

Des mois de réflexion, de travail, de recherches, de questions et de remise en question… pour VOTRE mariage, pour une journée, mais quelle journée!

Tout ce que vous aurez prévu ne se passera peut-être pas, tout ce que vous aviez imaginé ne se fera pas, faute de temps, faute de budget… Mais quoi qu'il en soit, ce sera le plus beau jour de votre vie, et vous l'aurez construit avec le cœur.

Pour tous, cette journée sera inoubliable, parce qu'elle ne ressemblera à aucune autre. Et les souvenirs resteront longtemps car ce mariage est simplement le reflet de votre amour, beau, sincère et profond.

#loveforever

Les prestataires que nous aimons

Lieux de réception

Paris

- Cirque d'hiver Bouglione
  https://www.cirquedhiver.com/
- Les salons du Pré Catelan
  https://salons.leprecatelan.com/

Seine-et-Marne

- Nomade Lodge
  https://nomade-lodge.com/
- Le Prieuré de Vernelle
  http://www.vernelle.fr/
- Domaine de Malassise
  http://www.salle-mariage-hebergement-77.com/

Yvelines

- Abbaye des Vaux de Cernay
  https://www.abbayedecernay.com/
- Château de Neuville
  http://chateau-neuville.com/
- Domaine de la Butte Ronde
  https://www.domainedelabutteronde.fr/
- Château de Breteuil
  http://www.breteuil.fr/

Essonne

- Château de Dommerville
  http://chateau-dommerville.com/chateau/
- Domaine de Courson
  http://www.domaine-de-courson.fr/

Hauts-de-Seine

- Pavillon d'Armenonville
  https://www.pavillon-armenonville.fr/

Seine-Saint-Denis

- Les salons Wilson
  http://www.directsalles.com/lieu/salons-wilson-93

Val-de-Marne

- Château de Santeny
  http://www.chateaudesanteny.com/

Val-d'Oise

- Abbaye de Royaumont
  https://www.royaumont.com/
- Domaine de Montigny
  https://www.domainedemontigny.fr/
- Château de Champlâtreux
  https://fr.chateau-de-champlatreux.com/

Bretagne - Pays de Loire

- Le Petit Moulin du Rouvre
  http://www.aumoulindurouvre.com/
- Manoir de la Bégaudière
  https://www.manoirdelabegaudiere.com/fr/
- Malouinière de la Bardoulais
  https://www.la-bardoulais.com/
- Château de Bogard
  https://www.chateau-de-bogard.com/
- Château de Beaussais
  http://www.chateaudebeaussais.com/
- Manoir des Indes
  http://manoir-hoteldesindes.com/

- Serres de Rospico
  http://jardinsderospico.fr/
- O Fleurs de Sel
  https://www.ofleursdesel.com/
- Château de Beauregard
  http://chateaudebeauregard.net/
- Château de Vair
  https://www.chateaudevair.com/

Centre - Bourgogne

- Château de Courcelles
  http://www.chateaudecourcellesleroy.fr/
- Château de Vallery
  https://www.chateaudevallery.com/
- Château du Réveillon
  https://domainedureveillon.com/le-domaine/
- Château de Pierreclos
  https://www.chateaudepierreclos.com/

Provence

- Le Clos du Tuilier
  https://www.closdutuilier.com/

Où trouver un lieu

- Mariages.net
  https://www.mariages.net
- 1001 salles
  https://www.1001salles.com
- ABC salles
  https://www.abcsalles.com

Photographes

- Céline Scaringi
  https://www.celinescaringi.com/
- Keith Flament
  https://www.keith-photographie.com/
- Amandine Ropars
  https://amandineropars.com/
- Benjamin Brette
  https://www.benjaminbrette.com/
- Manon Valls
  https://www.manonvallsphotographe.com/
- Sophie Boulet
  https://sophieboulet.com/

Vidéastes

- Un mariage une histoire
  https://www.unmariageunehistoire.com/
- Les yeux du Goupil
  http://www.lesyeuxdugoupil.com/
- Celma Story
  https://www.facebook.com/celmastorymaker

Photobooth

- Mister Like That
  https://www.misterlikethat.fr/
- Kruu
  https://kruu.com/fr/louer-un-photobooth/

Papeterie

- Personnalisée Sofi T
  http://www.sofi-t.fr/

Sites papeterie

- Rosemood
  https://www.rosemood.fr
- Cotton Bird
  https://www.cottonbird.fr
- Tadaaz
  https://tadaaz.fr/fr

Traiteurs

- L'Éveil des Papilles
  https://eveil-des-papilles.com/fr/accueil/
- Entre Mets et Fragances
  https://www.entre-mets.com/
- Lars Traiteur
  https://www.larstraiteur.com/
- Angau & Co
  https://www.angau-traiteur-rennes.fr/index.asp
- CK traiteur
  https://cktraiteur.com/
- La Maison Pennarum
  http://www.pennarun-lebihan.com/
- Passions Events
  https://www.passionsevents.fr/

Food trucks

- Dim Sum
  https://www.vapeursdimsum.com/
- Basilic et beurre salé
  https://www.foodtruckbasilic.com/
- Le Mobile On Burger
  https://mobile-burger.fr/

DJ

- Sonofactory
  http://www.sonofactory.fr/
- Mangabey
  http://www.mangabey.fr/
- Success agency
  http://www.success-agency.fr/
- Novii events
  https://www.facebook.com/Noviicreateurdemagie/posts/971653159697662/
- Fiestamania
  https://www.fiestamania.fr

Animations

- Paint performer Boris Normand
  https://www.borisnormand.com/
- Magicien Jérôme Sauloup
  http://www.artiste-magicien.com/
- Le Bar Paris
  https://lebarparis.com/
- Feu d'artifice Novii events
  https://www.facebook.com/Noviicreateurdemagie/posts/971653159697662/
- Dessins Laurence Le Chau
  https://www.croqueusedemariage.com/
- Silhouettiste
  http://andreo1.com/

Fleuristes

- Stephane Chapelle
  https://www.stephane-chapelle.fr/
- Drissia
  https://www.drissia.fr/
- Oz'home
  http://oz-home.com/
- Le Petit Atelier
  https://www.facebook.com/Le-Petit-Atelier-703876756395912/
- À fleur et à mesure
  https://www.facebook.com/afleuretamesure

Coiffeurs-maquilleurs

- Claire Gilardeau
  #clairegilardeaucoiffeurcreateur
- Laure Baruch
  http://www.laurebaruch.com
- The Reporthair
  https://www.thereporthair.fr

Location de mobilier et tentes

- Options
  https://www.options.fr/
- Be Lounge
  https://www.be-lounge.com/fr/

Robes

- Agathe se marie
  http://www.agathesemarie.fr/
- Tara Deva
  https://taradeva.fr/
- Cymbeline
  http://cymbeline.com/
- Rime Arodaky
  https://www.rime-arodaky.com/
- Laure de Sagazan
  https://www.lauredesagazan.fr/

Costumes

- Father & Sons
  https://www.fatherandsons.fr/
- The French Tailor
  https://www.thefrenchtailor.com/
- Mendo Suits Paris
  https://www.mendosuits.com/fr/

Cadeaux invités

- Love'n Gift
  http://www.lovengift.fr/

Voiture

- Classic Rent
  http://www.classic-rent.fr/

L'auteure

Sybille est wedding planner, wedding designer et officiante de cérémonies laïques. Dirigeant Com'Une Orchidée avec enthousiasme et créativité, elle s'investit chaque jour pour faire de chaque mariage un événement inoubliable. Être aux côtés des mariés pour partager ces instants précieux, sentir le bonheur transparaître est la plus belle des récompenses pour elle.

Crédits photographiques

Shutterstock : p. 5, 28, 37, 47, 49, 50, 57, 62, 63, 64, 66, 69, 70, 76 droite, 82, 106 troisième et bas, 118, 121, 122, 140, 142, 145, 153, 158 ; Samantha Pastoor : p. 6, 14, 15, 24, 35, 40, 56, 61, 97, 103, 138 ; Pierre de Saint-Loup : p. 8, 11, 12, 38, 99 ; Manon Valls : p. 11 bas, 23, 73, 87, 130 ; Sophie Boulet : p.16, 18, 80 ; Laurent Touzet: p.42, 58, 90, 124 ; Jérôme Grognet : p. 52, 89, 90, 100, 113 ; Pauline F : p.72 haut, 104, 106 haut, 107 ; Aurélien Pian : p. 72 bas, 116 ; Libre comme l'art : p. 76 gauche ; Céline Scaringi : p. 106 deuxième ; Eva Fotografica : p. 109, 114, 133, 146 ; Merwen : p. 137.

Direction d'édition: Thierry Lamarre
Édition: Marion Pellé
Textes et photographies: Sybille Alliot-Fourny
Correction-révision: Isabelle Misery
Conception graphique et mise en pages: Either studio/Damien Payet
Couverture: Either studio/Valérie Verroye

Éditions Massin
Publiées par Société d'Information et de Créations - SIC
Une société de Marie Claire Album
10 bd des Frères-Voisin - 92792 Issy-les-Moulineaux CEDEX 9 - France
Tél. 01 41 46 88 88
RCS Nanterre 302 114 509
SARL au capital de 822.000 euros

PEFC
PEFC/18-32-03
Certifié PEFC
Ce produit est issu de forêts gérées durablement et de sources contrôlées
www.pefc-france.org

ISBN: 978-2-7072-1236-8
N° Éditeur: 38369
Imprimé par Elcograf S.p.A., Vérone, Italie
Dépôt légal: mai 2021.

www.sotrendoo.com